新 潮 文 庫

きみのためのバラ

池澤夏樹著

新 潮 社 版

8975

目 次

きみのためのバラ

都市生活

「ご予約を変更なさいましたか?」と聞かれて彼はうろたえた。

「いえ、しなかったと思うけれど……」

「あの、これは三時半の便のご予約ですが」

ゴヨヤクという言葉は耳障《みみざわ》りだと思いながらカウンター越しに航空券を見ると、なるほどそうなっている。

数週間前に予約を入れた時に、早く帰るつもりで早い便にしたような気もする。その後、事態が変わって、その日の午後に予定がいくつも入った。忙しくて予約のことは忘れていた。三日前、出発に際して往復の航空券を受け取った時も確認をしなかった。いつものとおりの遅い便だと錯覚していた。

今は六時半だ。三時半の便は彼を乗せないままとっくに出てしまった。

「七時五〇分の便に空席はありませんか？」

「お待ちください」と言って、係の女性はキーボードを叩《たた》き、ディスプレイをにらんだ。

「あいにく満席となっております。空きがあれば問題はなかったのですが、明日から三連休ですのでねえ」

そう言われてはじめて、彼は空港ターミナル内の異常な混雑の理由がわかった。迂《う》闊《かつ》なことだ。

「七時五〇分と、その後にもう一便ありますが、空席待ちなさいますか？」

「ええ、お願いします。念のために明日の一便の予約を入れてくれますか」

それも空きがなかったらと心配になったが、幸い朝早い臨時便に空席があった。これで明日には必ず帰れるが、できれば今日のうちがいい。

受け取った空席待ち整理券の番号は67だった。整理券を受け取っても帰ってしまう客が何割かいるし、他社の便もあるし、四百人以上を乗せる大きな機材ならば、空席待ちで二、三十人乗れることもある。

問題は荷物だった。乗れると決まったわけではないから、カウンターでは預かって貰（もら）えない。搭乗口まで持っていかなければならないが、今日の荷物は大きかった。おまけに一つは段ボールの箱で、手で提げられない。

結局、彼はカートに荷を載せたままセキュリティー・チェックの列に並んだ。

先日の事件のせいでチェックはいつもより厳しくなっていた。

担当しているのは、いかにも不慣れで杓子定規《しゃくしじょうぎ》な感じの若い女性だった。

「カートはこの先は使えません」

そういうことを言いそうなタイプだなと思ったら、案の定そう言われた。

「空席待ちですからね、ぼくはこの荷物を搭乗口まで持っていかなければならないんですよ。手では運べないでしょう」

「でもカートはこの先では使えないんです」

「では、どうやってこれを持っていけばいいんですか?」と問い返した口調は少しきつかったかもしれない。

しばらく押し問答をしていると、上司らしい男性がやってきた。

「ああ、いいんだ。空席待ちの場合はいいの」

そこで荷物を、預けるはずのものまで、X線装置に通す。

「何か鋏《はさみ》のようなものが入っていませんか?」

やれやれ。

「入っていますよ。だってこれは機内持ち込みではなく、預けるつもりの荷物なんだから」

「拝見させていただけますか？」

「どうぞ」

彼は鞄《かばん》を開いて、髭《ひげ》の手入れに使う小さな鋏を取り出し、相手に渡した。

「計ってよろしいですか？」

「どうぞ」

いちいち聞くまでもないだろうと思いながら、彼は担当者が鋏に物差しを当てるのを見ていた。

なぜこうも馬鹿《ばか》丁寧でしかも押しつけがましい話しかたしかできないのか。それに危険物としてこれを預けるとしたら、乗る便もきまっていないのに、いつどこで受け取ることになるのか。空席待ちのシステムと、セキュリティーのシステムの間に論理の隙間《すきま》がある。

「はい。これはお持ち込みできる範囲内です。ご協力ありがとうございました」

それから彼は七時五〇分の便の搭乗口に行き、出発を待ったが、この便には乗れなかった。

次の便の搭乗口へ移動する間に空腹感がつのってきた。六時半に空港に着けば、搭乗手続きを済ませてから夕食を摂《と》る時間があるという計算だったのに、それが狂ってしまった。大きな荷を持って上の階のレストランに行っている暇はない。空席待ちというのはずっと搭乗口に張りついていないと機会を逸する。

結局のところ、次の便、つまりその日の最終便にも彼はあと四人というところで乗れなかった。

「やあ、よかったよかった。ぎりぎりだったな」とはしゃぎながら機内に向かう人々から目をそらして、搭乗口を離れる。

搭乗口の脇《わき》にあった公衆電話からモノレールで行けるホテルに連絡して一夜の宿を確保した。朝の六時にはまた空港に来なければならないのだから近いホテルがいい。

搭乗口の側から外に出るのが問題だった。

セキュリティー・チェックのところを逆に出るのが最も簡単なのだが、最後の便も出てしまった今、そこはシャッターが降りていた。

では到着の客と同じコースをたどるしかない。カートを押しながら通路を延々と歩いて、一階下に降りるためにはエレベーターを使い、到着ロビーに出る。

荷物は一晩コイン・ロッカーに入れておくつもりだったが、明日の朝のことを考えると出発ロビーまで運んでおいた方がいい。

またエレベーターを探して上の階に上がり、コイン・ロッカーに荷を入れて、暗証番号がプリントされた紙片を丁寧に財布にしまう。この期《ご》に及んでロッカーが開けられないなどというトラブルはまっぴらだ。

早朝の臨時便に席は取れたけれど、その後の便はすべて満席と聞かされた。乗り遅れたら後がない。

バックパック一つを背負ってモノレールに乗り、最寄りの駅で降りて、少し歩く。

ホテルのレセプションでまた問題が生じた。

クレジット・カードを提示して、回線で認証も下りたはずなのに、ホテル側は金額を書き入れてないクレジット伝票にサインしろという。

「ブランクの伝票にはサインはしません」と彼は突っぱねた。「それはどんな場合でもしてはならないことだし、客に求めてはいけないことです。あなたがたはぼくを信用していないかもしれないけれど、ぼくの方もあなたがたをそこまでは信用していない」

しばらくの押し問答のあげく、ホテル側は引き下がった。

この時も、自分の口調が少しきつかったかなと彼は思った。たぶん空腹のせいだ。

しかし、言葉が通じないという感じはどこから来るのだろう。この晩、彼が議論した相手は二人とも「係」だった。それぞれにマニュアルに従って行動していた。セキュリティー・チェックでは、カートはここまでという決まりのことしかあの担当者は考えていなかった。大きな荷を持って搭乗口に行かなければならないという彼の状況を理解する用意が彼女にはなかった。

言葉が働かない。頭の中にセットされた決まった台詞《せりふ》以外は出てこない。

ホテルでも同じことだ。レセプションの係は彼と論理的なやりとりをした結果、要求を取り下げたわけではない。うるさい客だから引き下がっただけだ。電話で当夜の予約を入れてすぐに来る一泊の客の場合は、泊まり逃げされないようブランクの伝票を取っておけというホテルの方針が今夜から変わるわけではない。

そう考えると、疲労感がつのった。


部屋にバックパックを置いて、空腹対策という次の問題を考える。

こういうことの後だから、いい加減には済ませず、自分がちゃんと満足するものを食べたい。

しかしこのホテルで食事をする気にはなれない。

先ほど、駅からホテルまでの道の途中で、何かを目にしたのだ。意識のどこかに引っかかっている、何か好ましい記憶。

ロビーまで降りるエレベーターの中で記憶が鮮明になった。あれは小さな黒板に書かれたメニューだった。

どこか、店先に置かれた黒板に、オイスターという文字があった。今の場合、牡蠣《かき》と白のワインという組合せは元気のもとになるかもしれない。

牡蠣は好きだ。

彼はその黒板を探しながら、駅の方へ戻った。一度見落として行き過ぎ、ふと振り向いて見つけたのは、その黒板が駅の方を向いていたからだ。

その店はビストロと呼ばれる類《たぐい》の簡易レストランで、黒板には日替わりのメニューが数点書いてあって、上から二番目が「ワシントン州から空輸のオイスター」だった。

彼は店に入った。

「一〇時閉店ですけれども、よろしいですか?」

白いブラウスに黒いスカート、それに黒い長い前掛けを着けたウェイトレスが彼にたずねた。

時計を見ると九時二五分。一人の夕食を終えるには充分だろう。

この界隈《かいわい》でこの時間はもう遅いのか、店の中には客は二人しかいなかった。どちらも女性の一人客で、彼はこの二人と向き合う中間地点の席に案内された。

まるでステレオのスピーカーのように、右前方と左前方に女が一人ずついて、それぞれに何か食べている。

あまりじろじろ見るわけにもいかないしと思って、彼はぼんやり正面を見ていた。それでも二人は視野の隅に入っている。二人とも自分の皿を前にしている。左の女はもうコーヒーとアイスクリームだが、右の方の女は料理の皿を前にナイフとフォークを使っているし、皿の左脇には赤ワインのグラスがある。

先ほどのウェイトレスがメニューを持ってきた。それとは別に、入口にあったのと同じサイズの黒板と三脚も運んできて、彼の前に立てる。

改めて見ると、オイスターは一個二五〇円だった。なかなかの値段だ。一個が大きいのかなと彼は思った。半ダースでは多いかもしれない。四個としようか。

ワインはあと三〇分で閉店ということを考えると、一本では多いが、かと言ってグラスではもの足りない。そう思ってメニューを見てゆくと、気が利《き》いたことにハウスワインならばカラフがあった。ハーフ・ボトルの量だから、これがちょうどいい。

メイン・ディッシュはチキン・ソテーのケイジャン風というのにしようか。

しばらくしてウェイトレスが戻ってきた。

「牡蠣、大きい？」と聞く。

「オイスターですか？」

「そう」

わざわざ英語にしなくてもいいのに。

「ちょっとお待ちください」と言って、ウェイトレスは厨房《ちゅうぼう》へ聞きに行った。

しばらくして戻ってくる。

「大きいです」

「では、それを四つ。あとはハウスワインの白をカラフで。それにケイジャン・チキン」

注文は終わった。

あとは待つだけ。

左の女がコーヒーを飲み終えた時、携帯電話が鳴った。彼女はそれを耳に当て、嬉《うれ》しそうに話した。会話は長くは続かず、彼女はそれをしまって、そのままじっとしていた。何かを、あるいは誰かを待っているようすだ。

相手が何かしている時は顔が見やすい。そう思って視線を留めて見ると、面長で、化粧も薄く、おとなしい顔立ちだった。歳《とし》は二十代の半ば。

右の女性は無表情に黙々と食事を進めていた。目の隅で捕らえたところでは、きちんと化粧をして、ものを食べながらも背筋が伸びている。皿の料理が何かまではわからない。

グラスの赤ワインは残り半分ほどになっていた。たとえ一人で食べる時でも、食事の喜びにワインを添えるのはよいことだ、と彼は考えた。歳は三十を少し過ぎたくらいか。グレーのニットの品のいいジャケットを着ている。ちらちら見ているうちに、ずいぶん整った顔であることがわかった。

彼のオイスターが来た。なるほど一個二五〇円だけあって大きい。一口ではとても食べきれない。無理をして一口で食べてしまうのはもったいない。

味も濃厚で、みっしり中身が詰まっている感じだった。さらりと軽いいかにも養殖の痩《や》せた牡蠣とはまるで違う。能登《のと》の岩牡蠣のよう。香りは少し乏しいけれども、味と量感はそれを補ってあまりあった。

なかなかいい展開ではないかと思いながら、彼は牡蠣を食べ、白のワインを口に運んだ。ハウスワインだからお任せだがこの牡蠣には合っていた。

よく味わいながら、彼は少しずついい気分になってきた。飛行機に乗れなかった不満がじわじわと解消されてゆく。ほぼ月に一度、飛行機を使って首都に来ているのだから、たまには乗れないことがあるのもしかたがない。

この前、乗り損なったのは、一昨年の夏、台風で、乗るべき便が欠航になった時だった。

欠航で見捨てられた乗客は次の便の席に関しては何の権利もない。空席が出るのをひたすら待つしかない。たいていは航空会社が臨時便を出して積み残しの客を運ぶのだが、あの時は、900番台の整理券を持って、一日空港の中をうろうろしてようやく夕方の便に乗ったのだった。

今回は明日の朝の便が確保されている分だけましだ。ともかくこのオイスターはうまいし、女性二人の姿をそれとなく見ているのだって悪くない。

そこまで考えた時、店の入口から男が一人あわただしく入ってきた。それを見て左の女は歓声をあげて立ち上がった。待っていた相手らしい。

男はスーツを着て、その上に薄茶色のコートを羽織っている。手にはアタッシュ・ケース。一緒に夕食をと約束していたのに、仕事が長引いて遅れてしまった。携帯電話で女に謝り、一人で食事を済ませてくれるよう頼み、もうすぐ行けるとまた連絡し(それがさっきの電話だ)、そして今来た。そういうことの流れが手に取るように見えた。

男は彼女の伝票を手に取って、彼女を抱きかかえるようにして、速やかに店を出ていった。

その騒ぎが収まった時、あの男の襲来はまるで一陣の嵐《あらし》のようだったと彼は考えた。この印象を共有できるかなと思いながら、右の女の方をちらりと見たが、しかし、彼女はメイン・ディッシュを終えて、無表情に虚空《こくう》を見つめて次の皿を待っているだけだった。きれいな顔だが、最後の客として二人だけ店内に取り残されたという状況は会話のきっかけにはなりそうにない。

そこまで考えて、そうだ、今、俺は会話が欲しいのだと気づいた。係や担当者やレセプションやウェイトレスを相手のマニュアル的なやりとりではない本物の会話。

彼もオイスターを終えて、次の料理を待つ段階に入った。ワインはまだだいぶある。大雑把に切ったバゲットにバターをつけて口に運びながらワインをゆっくり飲むというのは、それはそれで悪くない。

ウェイトレスが彼の前を通って次の皿を女のところへ運んでいった。

デザートとコーヒーだった。大きな皿に何かケーキとアイスクリームが載っており、フルーツ系のソースと生クリームと苺《いちご》の飾りがあって、ケーキには白い砂糖のフロスティング。

デザートはたいていの食事で彼がオミットする部分だ。でもそれが好きな人がいることは理解できる。俺ならばコニャックが望ましいが、デザートという人もいる。特に女性の場合は。

そんなことを考えながら、彼は見るともなく皿の行く先を目で追っていた。

その皿がテーブルの上に置かれた時、それまでになかったことが起こった。女の口元が緩んだのだ。

彼女は思わずふっと笑っていた。

そして、ナイフとフォークと浅い大きなスプーンを交互に使って、ゆっくりと、少しずつデザートを賞味しはじめた。

その動作に彼は感動した。見ていると彼女は本当においしそうにデザートを口に運んでいる。ほとんど陶然たる表情になっている。

食べ物は人を幸福にするという原理の証明のような、開けっぴろげの喜びの顔。

彼のチキンが来た。これも期待を裏切る味ではなかったし、ピメントの強い香りと辛さは食欲を刺戟《しげき》した。しかし、陶酔に至るほどではない。あのデザートほどではない。

チキンをしばらく食べたところで、ちらりと女の方を見た。

彼女はデザートの最後の部分をいかにも惜しげに口に運んでいるところだった。目が合った。

その席に彼が坐《すわ》ってからはじめて目が合った。

そこで、彼女はにっと笑った。

「おいしそうですね」と彼は言った。今なら声を掛けてもいいだろうと思ったのだ。

「ひどい一日だったの」と、最後の一口を食べ終えて、女が言った。

「そう。ぼくもですよ」

女は彼の返事を無視した。

「本当にひどい一日だったのよ。あなた、聞いてくれる?」

「ええ、喜んで」

女の少しぞんざいな口のききかたを好ましいものに思いながら、彼は言った。

彼女はコーヒーのカップを受け皿ごと手に持って、彼の前に移ってきた。

目の前に坐ったところを見ると、本当にきれいで、いきいきとして、いい顔だった。

口が大きめなので、笑顔が映える。

デザートで元気になった分だけ輝いている。たぶん心のありようが顔に出やすい性格なのだろう。

「母がねえ、わたしのお金を持って消えてしまったの」と女はいきなり言った。

「お母さんが？」

「そう。男に弱い人なのよ。いつもつまらない男にひっかかって、いつも大騒ぎして、いつも捨てられる。それでも懲《こ》りないのねえ」

「なるほど」

酒で口が軽くなるタイプがいるが、この人は甘いもので口が軽くなっているのかもしれない。それとも、一日の終わりの解放感か。

「今度もまたそうだったの。わたしも一度会ったことがあるんだけれど、今度の男は特別に悪い奴《やつ》みたいに見えたのよ。あんな男は駄目よって言ったんだけど、母は聞く耳を持たないで」

「まあ、恋というものは……」

「そう。恋なのよ。毎回毎回。ただねえ、それが軽いの。大騒ぎして、ばたばたして、結局は帰ってくる。いつも捨てられて帰ってくる。あれを見ていると、わたしの方は男に近づく気もなくなるわねえ」

「そういうものかな」

「母は今度は違うって言っていた。いつもそう言うんだけれど。それでも今度はたしかに様子が違っていた。それはつまり今回は以前のどれよりも重症だということだったのね」

「真剣な恋？」

「母はいつも真剣なのよ。そこが問題。だけど今回は特別に相手が悪くて、いつもよりずっと深いところまで連れていかれたって感じだったのね。これはよくないなってわたしは思っていたのよ」

「立ち入ったことをうかがうようだけど、お父さんは？」

「父という人はわたしが七歳の時に亡《な》くなったの。母は働いていたし、かつかつ食べるのには困らなかった。そうして母の近くでわたしは育った。だからわたしは母のいくつもの恋を延々と見てきたわけ」

「批判的に？」

「そう、批判的に。そして、昨夜《ゆうべ》、仕事を終えて、疲れて家に戻ったら、テーブルの上に母の置き手紙があったの。『ちょっと事情があって、あなたのお金を借ります。

いずれ必ず返すから心配しないで。かしこ。母』、それだけ。その横には空っぽになった定期預金の通帳と印鑑が置いてあった」

「娘のお金まで持って男のもとへ走った?」

「そのとおり」

女は力を込めて言った。

「母から娘への手紙でなにがかしこよ」

「たしかに変だな」

「というわけで、今日わたしはあちらこちらに電話を入れて、母を探して、もちろん見つけられなくて、お金のことも腹が立つけれども、それよりもまた無一文になって帰ってきた時の母の愁嘆と弁明を聞くのかと思うと、これがまたやりきれないのよ」

そこで女は彼の目を正面から見た。

「いやでしょう、愁嘆と弁明なんて?」

「ええ。よくわかりますよ」と彼はいきなりの問いにどぎまぎしながら応じた。

「そう、いつだって愁嘆と弁明なのよ、母は。でもね、その一方で、こんな母と娘の関係こそいわゆる共依存の典型だと思うといよいよわたしはやりきれなくなったのね。今回こそはいい機会だからはっきり母と縁を切ろうかと思ったけれど、でも、母名義の家を売ってしまうわけにもいかないし、結局のところ縁が切れるはずがないんだと思ったりして……」

「あなたも恋をするというのは？」

「駄目よ。それでは親子共倒れになってしまうじゃない。二人とも男の犠牲になってしまう」

「そうかな」

「そうよ。わたしは男が嫌いなの。たぶん母を見て育ったせいで。だから距離を置くことにしているの」

「なるほど」と彼は言った。

「というわけで、ひどい一日だったわけ」

「よくわかる」と彼は言ったが、相手はまるで聞いていない。

「今日は仕事もトラブルが多くて、やれやれの気分でこの店に来て、なんとか自分を元気づけながらメイン・ディッシュを食べたのよ。それらもろもろ、あげくの果てのあのデザートだったわけ」

「よくわかった」

「でしょう」とまた女は力を込めた。

「デザートのおかげとあなたに話をしたおかげでだいぶ元気になったわ。これで、また何か月か後に母の愁嘆と弁明を聞くことができそうだわ。もう本当にこれっきりにしてほしいって言えそう」

「お母さんの今度の恋は、今度こそ本物かもしれない」

「無理だと思うけれど、一応その可能性も除外しないでおくわ」

「万一また愁嘆と弁明という結果に終わったら、今度は預金通帳をお母さんが知らないところに隠す」

「そうね。それはいいアドバイスだわ。ぜったいそうしよう」

女は立ち上がった。

「いきなり知らない人にこんな話を聞かせてしまってごめんなさいね。でもねえ、きっと知らない人だから話せたのよ」

「なるほど」

「あなたのチキン、冷えてしまったわ」

そう言われて、彼は自分が女の顔を見て、その話を聞くのに夢中で、ずっとチキンに手をつけていなかったことに気づいた。

「いや、まだ食べられる」

「そう、それならいいけど」

女は自分のテーブルに戻って大きなバッグとコートと伝票を取り、また彼の方を見た。

「じゃあね。ありがとう」

「いや、こちらこそ」

「ねえ、あなたの牡蠣《かき》の食べかたも、すごくおいしそうに見えたわよ」

そう言って、彼女は大股《おおまた》に店を出て行った。


彼の心中には三つの不満が残った。第一に、彼女にはああ言ったが、やはりチキンは冷えてしまって、味が落ちていた。第二に、ずいぶん親密な話を聞いた相手なのに、その仲はこのまま途切れてしまう。数か月後、デザートを終えた後の元気な彼女にまた会って話を聞きたい。母の恋のその後を聞きたいが、その機会はない。

第三に、なぜ彼が彼女のデザートと同じくらいうまそうに牡蠣を食べていたかという理由を話せなかった。彼にとってもいかにひどい一日であったか説明する機会が与えられなかった。

しかし、恋に狂う実の母に定期預金を持ち逃げされたのに比べれば、予約ミスで飛行機に乗りそびれたなんて愚痴として軽すぎるだろう。やっぱり男ってバカなのよね、と言われるのがおちだろう。

レギャンの花嫁

そのころ、わたしはよくバリに行っていました。

仕事がら東京とヨーロッパを往復していたので、その帰りにバリに寄って、二週間とか一か月とかいて、それから東京に帰る。そんなことを繰り返していました。

この島にはわたしが会わなければならない人が二人いて、それで通ったのですが、でもこの島全体が好きだというのも大きな理由だったと思います。二人の一方はスペイン人のボーイフレンドで、もう一人は兄でした。ボーイフレンドはマドリッドとゴアとカトマンドゥーとバリを転々として暮らすおかしな人で（つまりハイクラスのヒッピーです）、この四か所を一巡すると一年が終わるのでした。わたしも彼と一緒に移動してマドリッドもゴアもカトマンドゥーも行きましたが、なんだかバリがいちばん好きなので、結局は彼がここにいる時に会うことが多くなりました。

兄の方はバリで服役中で、だからわたしは兄の顔を見て、元気でやっていることを確かめて、足りないものを差し入れするためにバリに行ったのです。

その頃のバリはたしかに観光客はいましたが、今のように誰も彼もが押し寄せるほどにぎやかではなくて、ちょっと変わった人が行くちょっと変わったところという面をしっかり保っていました。

さっきマノーロ（スペイン人のボーイフレンドです）がハイクラスのヒッピーだと言いましたが、ある意味でバリは彼らの楽園でした。つまり、アメリカやヨーロッパでそれまでの保守的な生活のスタイルに我慢できなくなった若い人たちが手分けして世界中をまわり、暮らしやすいところを探した。そして見つけたのがゴアでありバリだったのです。

温かくて、自由で、開放的。もとから住んでいる人たちが若い外国人の生きかたに干渉しない。ほうっておいてくれる。でも、その気になって踏み込めば地元にはすごく奥の深い文化がある。いくらでも遊べる。マノーロは個人主義者でしたから、自分の楽器としてターブラ（インド音楽で使う二つ一組の太鼓です）を選びましたが、彼が本気でガムランの一員に加わりたいと言って練習を積んだら、きっとどこかの楽団が仲間に入れてくれたでしょう。

わたしもマノーロもここのお祭りや踊りや音楽や行事に夢中でした。そういう仲間が何人かいました。お葬式だってわくわくする。誰か高位の方が亡《な》くなったと聞くと、わたしたちは葬儀にかけつけました。世界中でいちばんにぎやかなお葬式を楽しみました。死んだ人だってその方が嬉《うれ》しいに決まっている。ここはみんながそう考えるような土地でした。

クタとレギャンは、今ほどではないにしても、やっぱり外国人がたくさん集まっていました。リッチな観光客はサヌールかヌサ・ドゥアあたりにいます。あまりお金のないヒッピーやサーファーがクタ周辺をうろうろしている。その周囲に商売っけのあるジャワ人がいて、バリ人はちょっと遠くからそれを見ている。田圃《たんぼ》で稲を育てて伝統的な行事や祭りを一つ一つきちんとやりながら、横目でヒッピーの遊びを見ている。ちゃんと自分たちの生活をしている。そんなかたちだったと思います。

あの無責任でいいかげんなコズモポリタンの空気はけっこういいものでした。広い世界の中には、そこだけ濃厚な遊びの空気に包まれているという場所があるらしいのです。なぜそんなことになったのかわからない。でもそこではみんなが精いっぱい工夫を凝らして遊んでいました。クタとレギャンは租界のようですが、でもバリ島の農耕社会から隔離されてはいない。遊び好きが集まってくるけれど、地元の人々は彼らよりもっと遊んでいる。「そこが大事なんだ」とマノーロは言いました。「遊ぶことにかけては世界中どこの民族もバリ人にはかなわない」

たしかにそのとおりでした。バリ人というのはすごく遊ぶ人たちなのです。ケチャのような踊りがはやると、村のみんながそれに夢中になる。何年かその練習と公演に全精力をつぎこむ。隣村と腕を競う。しばらくすると今度は人形芝居が盛んになって、誰もが熱中する。ヒッピーたちはそれを真似《まね》したのだと思います。

ある時、だれが言い出したのか、セクシーバスという催しが開かれました。あの頃あそこにはプロデューサーの才能のある若い外国人がたくさんいて、みんなでおかしな企画を競っていました（やがてその人たちはまたそれぞれの国に戻っておもしろい仕事をしている。今頃になってわたしは当時の仲間たちの噂《うわさ》をよく聞きます）。

夜になると仲間がみんな集まるゴア２００１というレストランがありました（今でもありますけど、ずいぶん雰囲気は変わってしまいました。こういう話をしながら、わたしは十年前のバリにしかなくて、その後でなぜか消えてしまった幻を追っているような気がします。煙で形を作るような空《むな》しいことをしているみたいで、胸の奥の方がきゅっとなります）。

セクシーバスの趣旨は、バスを一台チャーターして、クタの市街をあちこち巡ってみんなを集める。バスに乗り込む時にはみんな自分がいちばんセクシーだと思うような恰好《かっこう》をする。そして最後に全員でゴア2001に集合して騒ぐ。そういうことでした。

一種の仮装パーティーなのですが、セクシーという基準とバスを使うところがみそです。バスだからとても道を歩けないような挑発的な恰好でも参加できる。まあ、あの女の子たちは必要とあらばどんな挑発的な恰好でも道を歩いたでしょうし、それが事件になる危険なんかまるでなかったと思いますけれど。

わたしはたまたま浴衣《ゆかた》を一枚持っていたので、糊《のり》の利《き》いた浴衣をきちっと着て、赤い帯をきちっと締め、足には黄色いビーチ・サンダルを履きました。わたしの感覚では浴衣はセクシーだったのです。

マノーロはそれを見て、「まるっきり子供にしか見えないよ」と笑いました。そういう彼は安物のジャケットを買ってきて、腰のあたりをぴちぴちに縫い詰め、紙のスパンコールをたくさん貼《は》り付けて闘牛士の衣装のようなものを作りました。わたしもそれを見て、中学校の仮装行列みたいと笑いました。どうやらわたしたちは最もセクシーなカップルではないみたい。

実際にバスに乗ってゴア2001に集まったのはまったくとんでもない集団でした。

アメリカ人はだいたい脱げばセクシーと頭から信じています。だから、ピンクのマイクロ・ビキニや、すけすけのランジェリー越しに雌牛のように大きな胸を見せている女の子、同じように短いショーツの筋肉隆々少年たちが会場内をうろうろしていました。ボディー・ペインティングだけという子もいました。

ヨーロッパの子たちはさすがにもう少し頭を使って、全身を黒い薄い生地の袋で包んで目と胸だけを見せるとか、男ならばヴェネツィアのカルナヴァルの衣装で仮面を付けているとか、凝った恰好をしていました。

そこでわたしはもう一人、浴衣の女性にであったのです。それが茜《あかね》さんでした。その晩の彼女はほんとにきれいでした。

わたしの浴衣が白地に折り鶴《づる》の模様というやぼったいものなのに、彼女のは深みのある紺で、そこに金と銀の星が散り、裾《すそ》に行くほど星の数が増えるという、とても品のいい柄でした。帯だって赤い絞り染めのいいものです。ぜんぜんかなわない。

「きれいですねえ」とわたしは彼女に日本語で言いました。

「あなたのもいいわよ。二人とも浴衣というのがおかしいけど」

「すごくセクシーなはずなのに、ぜんぜん男が寄って来ないんですよ」

「こっちもおなじ。その方がうるさくなくていいけど」

茜さんの話はいろいろ聞いていました。派手な人、華《はな》のある人です。もともとはモデルで、だから今でも東京にいる時はそれでちょっと稼いだりする。こちらではいろいろなことを少しずつしながら遊んでいる。いろんなことというのは、バリの工芸品を日本に運んで売ったり、バティックのデザインをしたり、小さなコテージの共同経営者になったり、観光客向けの店を開いたり。それがうまくいったとか、今度のは失敗とか、そんな噂をわたしはよく耳にしました。

というよりも、そんなことをやっている外国人が、彼女を含めて何十人かいて、それがだいたいマノーロの知り合いで、だからいろんな話を聞いていた。その中に茜さんのこともあったというわけです。あの頃バリに二人いた「ザ・ジャパニーズ・ビューティー」の一方でしたから、話題になることも多かったようでした（もう一人の日本美人はタマさんという人で、この人ともしばらくたってからわたしは仲よくなりました）。

セクシーバスの晩の前にわたしは茜さんと三、四回会っていたと思います。パートナーの梶木《かじき》さんと一緒にパーティーに出てくることが多かったし、わたしも時にはそういう場に顔を出しました。狭い土地ですから道でばったり会ったこともあります。彼女のデザインの服を扱っている店でも会いました。でも、あの晩まではわたしと彼女はそんなに親密な友だちではなかったと思います。

「今日は梶木さんは？」

「来てないわ。お店の準備で忙しいみたい。もうすぐ開店だから」

「あの日本料理店の話？」

「そう。けっこう夢中になってやっている」

「手伝わなくていいの？」

「今日はね。でもあの人にしたって、まさかセクシーバスに乗るわけにもいかないでしょ。だいいち、どんな恰好をすればいいの？」

梶木さんというのはとても大柄な、色の黒い、海坊主《うみぼうず》のような人で、見る人によってはすごくセクシーかもしれない。わたしはそう言いました。

「まあね」と茜さんは言いました。「一緒にいて安心だし。料理はすごくうまいし」

「お店、みんな楽しみにしていますよ。おいしいもの食べたいから」

梶木さんの本職の美術商のこととか、兄のこととか、共通の友人の消息とか、話すことはいろいろありました。兄の事件はみんな知っていましたし、それに関わっていたわたしの話も知られていて、だから一年前にはわたしたちはニュースでした。それが一段落して、兄は刑務所の中で静かに暮らし、わたしはマノーロと仲よくなって時々やってくる外国人の一人になって、みんなの好奇心は落ち着きました。茜さんもわたしのことを一通りは知っていた。

つまりわたしと茜さんはおたがい噂を通じて知っていた仲ということになります。しかも、その噂を媒介するのはほとんど英語、時々はフランス語でした。そうすると日本語の噂よりはすこし大人の判断が加わる。たとえば、茜さんと梶木さんは結婚しているわけではなく恋人どうしである。梶木さんには別居中の妻と娘がいて、この妻はドミニカ人である、というようなことを聞いても、英語で聞くと日本語ほど道義的な非難の調子が強くありません。世界はそんな風に動いているという一つの事例のようにしか聞こえない。麻薬事犯のわたしの兄のこともそんな風に響いたはずでした。

セクシーバスは結局いつものパーティーと同じような形で盛り上がり、半裸の少女たちの身にもたいしたことは起こりませんでした。わたしと茜さんは騒ぐ人たちを横目で見ながら遅くまで喋《しゃべ》って、それからそれぞれの家に帰りました。

次に茜さんに会ったのは四か月あとで、その時は彼女は梶木さんと別れていました。再会したとたんに彼女がそのいきさつを詳しく話したのは、お互い気が合うらしいという思いがわたしの一方的な錯覚ではなかったからでしょう。セクシーバスの一夜でわたしたちは親友になっていました。

破綻《はたん》のきっかけは梶木さんのドミニカ人の奥さんがお嬢さんと一緒にバリに来たことでした。別居状態は安定していて、いずれは離婚することになっていたはずなのに、少なくとも梶木さんは茜さんにそう言っていたのに、なんと奥さんが攻勢をかけてきた。いえ、そうではないのかもしれない。昔まだ仲のよかった夫と来たことがあるバリが懐《なつ》かしくて来て、やっぱりいいところだからしばらく滞在することにした……だったかもしれない。本当のところはわかりません。

でも、狭い社会ですから、あちこちでニアミスが起こるのです。道ですれ違うこともあるし、夕食の店でばったり会うこともある。なんとなく落ち着かない。梶木さんは妻に日本に帰れと言う気はないらしい。

「それでね、ある晩、私がポコ・ロコに夕食に行くと言ったら、アマンダが行くかもしれないからやめろって言うの（アマンダって奥さんね）。それで私は頭にきて、私の方が前からバリにいるのに、なんで私が遠慮しなければならないのって怒って、大喧嘩《おおげんか》になって、その晩のうちに彼の家を出ちゃった」

「たいへんね」とわたしは言いました。

「いいのよ。さっぱりしたから」という茜さんの言葉はそのまま本音に聞こえました。

梶木さんとの仲は本当に終わったのでしょう。

「日本料理店は？」

「なんだかいろいろな理由で開店が遅れていたわ。もうすぐって話は何度も聞いたけど。もともと無理だったのかもしれない。たとえ開いたって私は絶対に行かないからいいんだけど」

しばらくたって、茜さんは恋をしました。梶木さんと別れた後もそのままずっとバリにいて、寂しがりだし、なんといっても綺麗《きれい》な人ですから、その時々の相手はいろいろいたらしいけど、でもみんな長く続かなかった。それが一人の男性に夢中になって、まるで少女のように思い詰めて……それは後になって聞かされた話でした。

相手はラカというバリ人で、この島でもいい一族の出で、すらりとしたかっこいい人でした。でも無口。わたしが茜さんからこの話を聞いたのは二人がもう仲よくなってからで、だからわたしとマノーロと茜さんとそのラカと四人で食事に行ったりしたから、茜さんが彼と一緒で嬉しくてしかたがないというのがよくわかりました。

「最初はダブル・シックスで見かけたのよ。ディスコにいるのにぜんぜん踊りもせずに、壁際《かべぎわ》に立ってぼんやりしていたの。人に連れてこられて、どうしていいかわからないってふう。その姿だけで私はもう夢中になってしまったのね」

「雷の一撃」とマノーロがフランス語で言いました。

「日本語ではワン・ルック・ラブって言うわ。ヒトメボレ」

「でもね、女の私から声をかけるわけにもいかないし」と茜さんは続けました。「その時は誰かに、あの人誰って聞いて、名前を教えてもらっただけ。次の時にようやくちゃんと紹介された。でもこの人、そっけないのよ」

「はずかしかった」とラカは小さな声で言ってにっと笑いました。

「十五、六の男の子みたいでしょ。なんとかデートの約束をして、夕食に一緒に行って、家まで送ってもらっても、別れ際に手も握ってくれない」

「そんな失礼なこと、できないよ」

「ここで私が会う男なんて最初のデートからもうベッドのことまで考えている連中ばかりだから、この礼儀正しいハンサムな男は実はゲイかもしれないってほんとに疑っちゃった。私のバティックを買い付けたいばっかりに夕食をおごってくれたのかもしれないって」

茜さんは小さなバティックの工房を持っていましたし、ラカの一族は大きなホテルの中に土産物の店を何軒も持っていました。

「なんだか、あの頃の私っておろおろして、まるで子供みたいだった。予感がするのよ、ラカから電話がかかってくるって。もうすぐかかってくるって声が頭の中でする。だから、トイレにも行かないでじっと電話の前で待っていたわ。でも電話はなかなかかかってこない」

「自分からかければいいじゃないか」とマノーロが言いました。

「駄目よ、そんな。こっちには電話する用事がないんだもの。それなのに電話してしつこい女だなんて思われたら困るじゃない。ラカからかけてくれることが大事だったのよ」

「それで?」とわたしは先を促しました。

「それだけ。電話はなかったわ」

「ごめんね、きみの霊感に応《こた》えられなくて」とラカは言って、茜さんの手を取りました。

「でも、結局こんなに仲よくなったわ。愛しあうようになったわ」

「その電話を待っていたのって、いつのこと?」とわたしは訊《たず》ねました。

「いつだっけ?　ええと、五週間前」

「なんだ、ついこの前じゃないか」とマノーロが言いました。

「そうよ。あの次の日から事態は大きく変わったんだもの」

「ぼくがね、勇気を出したんだ。次に会った時」とラカは言いました、「アカネさんに、あなたが好きですよって言った」

「地面が二つに割れて私は地の底まで落ちるかと思った。じゃなきゃ、地面が爆発して空の上まで吹っ飛ぶか」

「おおげさだよ」とマノーロ。

「でも、恋ってそういうものじゃない？　そういう気持ちになるものじゃない？　二人の時はどうだったの、マノとカヲルは？」

「バリが見たいって言うからあっちこっち連れていってやっただけさ」

「それにしては仲がいいわ。カヲルは？」

「わたしもね、兄の裁判の後で、休息を必要としていた。でも、運命だったと思う。空までは吹っ飛ばなかったけど、この店の屋根くらいまでは飛んだわ」

茜さんはわたしの言うことを聞いていませんでした。

「ねえ、聞いて。私たち、結婚するの！」

そう言って茜さんはラカの顔を見ました。ラカはにこにこしてうなずいています。

「ほんとう？　おめでとう」

「人に言うの、初めてだね」とラカが言いました。

茜さんは嬉《うれ》しそうでしたが、派手な美人のあけっぴろげの喜びよりも、浅黒いラカの顔に浮かんだ静かな幸福感のようなものの方にわたしは惹《ひ》かれました。人は出会いによって幸福になれるんだ。いい暮らしの土台が作れるんだ。きっとこの二人は毎日お互いの顔だけを見て、そのうち五人の子供十人の子供に囲まれて、楽しく暮らすようになるんだ。

結婚式はそれから一か月後に予定されました。わたしは滞在を延ばしてその時までバリにいることにしました。茜さんとラカの結婚の話はたちまち外国人コミュニティーの間に広まりました。そしてみんなが祝福しました。美男美女が恋をして、結ばれて、「末永く幸せに暮らしました」という結末になるなんて、まるでフェアリー・テイルみたいと誰もが言いました。

茜さんは花嫁衣装や新婚家庭用の道具類を買うために一度日本に帰りました。一週間で戻るからと言って、飛行機に乗りました。戻って三日目には結婚式の予定でした。わたしは花嫁の介添え役を務めることになっていました。

茜さんが日本から戻る日の朝、電話が鳴りました。マノーロが取って、しばらく話して、急に低い声になって、ずいぶん長い間喋ってから、切りました。

「誰だったの？」

そう聞きながら見ると、彼は幽霊でも見たような顔をしていました。

「ラカが死んだ」

「え？　嘘《うそ》でしょ」

「いや。本当だ。今朝早く」

「なんで？」

「わからない。薬のショックかもしれないって。三日前から風邪をひいていて、式までには治すつもりで医者に行った。昨夜《ゆうべ》その薬をのんで、夜中に気分が悪いって言って、医者を呼ぶ間もなく死んでしまったって」

「そんなことってあるの？」

「どうだろうな。だいたいここの医者の処方は強いんだ」とマノーロは言いました。

「馬の風邪でも治るほどくれる。あるいは、ブラック・マジックかもしれない。みんながうらやむ立場だろ。中にはうらやむだけでなく、妬《ねた》む者もいるかもしれない。誰かがラカをひどく恨んでいたかもしれない」

「今もブラック・マジックがあるの？」

「あるらしいよ、噂《うわさ》では。いや、理由なんかわからないさ。ともかくラカは死んでしまった。彼の叔父さんが言うんだから、まさか冗談じゃないだろう。冗談で言えることじゃないよ」

わたしはへたへたとその場に膝《ひざ》をついて坐《すわ》りこみました。あのラカが死んでしまった。もういない。静かな幸福そうな顔を見ることはない。

涙があふれてきました。

「泣いちゃいけない。まだ泣いちゃいけない。アカネのことがある」

わたしははっとしてマノの顔を見ました。

「茜さん、今日、帰ってくるのよ」

「そうなんだ。ラカは空港に迎えに行くはずだった。でも行けない。代わりにきみに行って欲しいって叔父さんは言っている」

「わたしが？　いったいなんて言うの？」

「なんにも言わない方がいい。ラカがちょっと風邪で寝込んでいるんで、代わりに来たって。家に連れていって見せるしかないさ」

「そんな、ひどい話」

「だってしかたがないだろう。彼女だって見なければ信じられないよ。とんでもないことになっちゃったんだ。なんとしてもこの日をみんなで乗り切るしかないじゃないか」

わたしは立ち上がって、シャワーを浴びに行きました。泣いちゃいけない。考えちゃいけない。ただ、黙って、動くだけ。

わたしはお芝居が下手です。動揺すると気持ちが顔に出てしまいます。茜さんの前でとてもにこにこはできない。幸せ一杯の人の前に立っても、それを祝福する顔はできない。いったいどうすればいいと言うの。それでもしかたがないから、わたしは行きました。

空港で待っている間、わたしは必死でした。なんとか、せめて、普通の顔をしていること。茜さんをレギャンの奥にあるラカの家まで連れていくこと。二人が一緒に暮らすはずだった小さなかわいい家に連れていくこと。でもそこで茜さんに伝えられる報《しら》せのことを考えると、どうしていいかわからないような暗い恐ろしい気持ちになりました。昨日に戻れたらいいのに。

今は変わってしまいましたが、あのころのバリの空港では税関を通って出てくる到着客が、出迎えのところからガラス越しに見えるようになっていました。日本からの便が到着して、パスポート・コントロールを通って、預けた荷物を受け取って、税関のところまで来る。その人たちの中に茜さんの姿があった。

彼女は本当に幸せそうでした。税関吏ににこにこして話しかけ、大きな身振りで鞄《かばん》を示し、中身のことを嬉しそうに説明しています。

「花嫁衣装なの。私、結婚するの。バリでいちばんすてきな男と式をあげるの」

制服を着たおじさんたちにそう言っている声が聞こえるようでした。手荷物検査場のその一角だけがなごやかな笑いに包まれているのがわかりました。

そして、茜さんはまだ笑みの残る顔で出てきました。

「お帰りなさい」とわたしは言いました。

「あら。ラカは?」

「風邪をひいて、ちょっと来られなかったの。わたしが代わり。ごめんね」

「そう。大丈夫かしら」

「ともかく家に行こう」

「わかった」

タクシーの中で、わたしは頭の中が真っ白になったみたいで、茜さんが陽気に喋《しゃべ》ることになんとか相づちを打つのが精一杯でした。

彼女は東京サイドの人たちの反応や（親は勝手なことをしてきた娘の結婚にも特に

驚かなかったとか、昔のボーイフレンドが悔しそうな顔をしたとか)、買った衣装のこと(白は処女の色で、私は処女じゃないけど、それでも衣装は白にして、その代わりへりに少しだけ金糸が編み込んであるヴェールを選んだ。金糸の数が男の数だったりして)、当日の予定のこと(パーティーの会場をポコ・ロコにしたのはどこかに当てつけの気持ちがあったからかしら。でもあそこはおいしいし、たまたま居合わせた観光客がみんな祝ってくれるっていいじゃない)、喋りつづけました。

そういうことがみんなもう無いことなんだ。ぜんぶ消えてしまったんだ。それを茜さんはこれから知ることになるんで、だからわたしが彼女の言うことを黙って聞いているのはそれだけでとんでもない嘘をついていることなんだ。

茜さんの顔はまともに見られない。でも、窓から外を見ていると涙が出そうになる。

「兄がね」とわたしは言いました。積極的にわたしの方から喋った方がまだ楽みたい。「刑務所の中庭にマジック・マッシュルームが生えるって言っていた。みんな採ってきて、食べて、ハイになっているって」

「なんで?」

「あれって、牛の糞《ふん》に生えるのよ。刑務所は草取りの予算を省くために時々外から牛を連れてくるの。その牛の糞からマジック・マッシュルームが生える」

「草取りなんか囚人にやらせればいいのに」

「そんなに従順な囚人じゃないでしょ。わがまま一杯の外国人ばかりなんだから。所長さんはいつだってノイローゼ寸前よ」

そんなことを話している場合じゃない。でもそうでもしなければこの時間を埋められない。何か月かしたら、茜さんに謝ろう。空港で本当のことを言えなかったことを許してもらおう。

ものすごく長い時間がかかって、それでもタクシーはレギャンのラカの家に着きました。長い時間がかかったというのはわたしの錯覚かもしれない。わたしにとって辛《つら》かった時間が長く思われたのか、茜さんにとって辛いことがはじまる時が少しでも先に延びるよう、なるべくタクシーが遅れるといいと思っていたのか。わたしは混乱していました。

彼女が先に中へ入り、荷物をぜんぶ降ろして、料金を払ってから彼女の後に続きました。

家の中は、ラカの親戚《しんせき》や友人が集まって、それがみんな黙ったままで、ちょっと異様な雰囲気でした。ラカの叔父さんが彼女の肩をつかまえ、静かな声で話していました。

最初、茜さんは笑いました。

「嘘でしょ、そんな」

それからすーっと暗い顔になって、立ちすくんで、ゆっくり奥の部屋に入っていきました。わたしはその場から動けなくて、マノーロの姿を見つけ、行って寄りかかりました。彼はしっかりわたしを支えてくれました。

奥から茜さんの泣く声が聞こえました。最初は低く、それからだんだんに大きくなって泣きじゃくる。ラカの遺体はまだ奥の部屋に安置してあって、茜さんは取りすがって泣いている。ゆすぶっても叫んでもラカは目を覚まさない。そういう光景をわたしは思い描いていました。でも、わたしはその部屋に入っていけない。足がすくんで、マノーロにしがみつくばかりで動けない。

ずいぶんたって、みんなに支えられながら、茜さんが出てきました。ぼろぼろの、ゆがんだ、みにくい顔で、足もともおぼつかない。夢の中を歩いている人みたいで、しかもその夢はすごく悪い夢なのです。現実なのです。不幸はきれいな人をみにくくもする、とわたしは心のどこかで考えていました。

その日はひとまずホテルに連れていくことになって、わたしがずっとついていることになりました。誰かがいなければ心配な状況でしたし、それにバリではこういう時には悪霊《あくりよう》が憑《つ》いたりするから一人にしておいてはいけないというらしいのです。

その晩ずっと茜さんは泣いていました。いろんなことを口走って、ラカの名を呼んで、ベッドの上を転げまわって、あとは静かにしくしくと、泣きました。時々うつらうつらと眠って、また目を覚まして泣きました。わたしは彼女を抱きしめ、背中をさすり、少しでも眠れるようにしていました。長い長い夜でした。

明け方、わたしもとろっと眠っていた時、茜さんはすっと立ちあがって、バスルームに行き、しばらくしてから洗いたての顔で出てきました。

「泣いてもしかたがないのよ」と茜さんは言いました。「ラカはもういないんだし、私は生きているんだから。今日と明日《あした》と明後日《あさって》を生きるしかないのよ。そうよね？」

わたしは黙ってうなずきました。ぐにゃぐにゃになっていた茜さんの中から力が湧《わ》いてくるのがわかる。彼女が少しずつしゃんとしてくるのがわかる。

人が死ぬというのはあることです。若くて元気で魅力いっぱいの婚約者がいきなり死んでしまうというのだって時にはあることです。でも残った人は生きていかなくてはならない。

わたしから言ってもしかたのないことでした。茜さんの中から出てくる言葉でなくてはならない。一晩待って、すごく辛い夜を過ごして、わたしは彼女の口からその言葉を聞きました。

まだまだ苦しい毎日です。でも、そこを乗り越えないと先へは行けない。彼女が言うとおり、わたしたちは今日と明日と明後日を生きるしかないのです。ラカがいてくれたら、あんなことにならなかったらという甘い執拗《しつよう》な誘惑的な仮定を退けながら、生きていかなければならない。そのための力がいる。

「お葬式に花嫁衣装というのは悪趣味よね」と茜さんがかすれた声で言いました。

「そう、やりすぎだと思う」とわたしはささやきました。

東向きの窓に朝の光が射《さ》し始めていました。バリはまた新しい朝を迎えます。

連夜

いや、平凡な人生だったと思うよ。

お前だってそうだろ。十五年ぶりに会って、こうやって飲んで喋《しゃべ》って。

ともかくここまでやってきたって、振り返ってもそんな印象しかない。革命もなければ戦争もなくて、大きな事故にもあわず、そこそこの仕事をしている。会社もまあ安泰だし、子供も二人ちゃんと育っている。

それはね、内地からこっちに来たってのは俺の人生において大きなことだったよ。しかし、それだって決断なんてものじゃなかった。あっちで就職口がなくて、なんとなく流れてきた。好きな土地でしばらく遊んで暮らして、そのうちなんとかなるだろうと思って。結果、なんとかなったわけだ。

ああ、花は成長産業だよ。なんといってもここは暖かい。露地で作れる時期が長いし、内地との季節の差を利用できる。世間全体が贅沢《ぜいたく》になっているから花も売れる。不思議な話？　ないねえ。俺は何も経験ないよ。そう、沖縄だって、住んでみれば普通の土地だよ。妻は二つ年上、こちらの者だけど、普通の女だ。

まあ、そういうことさ。

いや、待てよ。ないと言い切れるものでもないかな。一つだけ妙なことがあったな。

うーん、話していいものかどうか。

なんといっても相手のある話だから。

まあ、いいか。この場だけの話と思ってくれ。

卒業した後、東京周辺では就職口がなかった。それは知ってるな。しばらくは浪人。農大に行ったんだし、都会に職を見つけるつもりはなかったけれど、大学院の試験に失敗して、気がついたら就職の時機を逸していた。

それで、しばらく沖縄で遊ぼうと思った。好きだったんだよ、ここが。ひょっとしたら農業試験場か何かに入れるかなと思った。しかし、世の中そんなに甘くはない。

農大の時の仲間がこっちに戻っていたんで（それが、仲間って苗字《みようじ》の奴《やつ》なんだ）、そいつのところに転がり込んで、しばらくバイトで暮らすことにした。人生遊ぶ時期もあってもいいと思ったのさ。だいたいここは仕事の口も少ないところなんだが、運がよかったのか南部の方の大きな病院で働けることになった。時給で比べれば東京の七割かな、出費の方はもっと少ないから、その時はそれで充分だと思った。

仕事はトラフィック。名前はかっこいいけど、要するに院内の運搬屋だ。一日中ずっとキャスターのついたカートを押して歩いていた。今の病院の中ってのはずいぶんたくさんのものが動いている。薬局と医薬倉庫の間に物流室というのがあってね。そこを中継点にして、薬品や資材を各科へ運び、各科からは検体を取ってきて物流室の分析屋さん宛《あて》の棚へ、廃棄物は裏口から外へ出たところにある専用のコンテナーへ分類して。郵便物は事務室から各科へ。そういうものを、それでなくても忙しい看護婦さんたちに代わって運ぶのが俺の仕事。科に顔を出してものを渡し、受け取り、また次の科に行く。時には患者の車椅子《くるまいす》やストレッチャーも押したし、二人部屋を一人使用に換える時はベッドを運び出しもする。場合によっては死体を霊安室までしずしずと押していくこともある。そういう仕事。

単純そうに見えて、なかなか頭をつかう。バイオとは無縁だけど、いい仕事だった。病院はおもしろいよ。人を見ているのがおもしろい。いろんな人の人生が詰まっている。

看護婦？ いや、それは違うな。たくさんいて、からかったり笑ったり、なかなかいい気持ちのもんだけど、特定の一人に関心が行くことはなかった。あっちも遠巻きにして見ているだけ。俺も集団として見ているだけ。しかし、若い女の子がたくさんいて、その気になればひょっとしてなんとかなるかもしれないという状態がずっと続いている。これは悪いもんじゃないよ。

しかし、そこに女医さんが一人登場する。

いや、本当にそうだったんだ。

内科のノリコ先生。姓は言わないでおこうか。沖縄にはたくさんある姓で、その時は内科に同じ姓の先生が二人いたからさ、内部ではゼンコウ先生とノリコ先生と呼んで区別していた。

歳《とし》は三十代後半と俺は思っていたけど、本当はもう少し行っていた。なにしろこっちは一日中病院の廊下をうろうろしているんだから、院内の人みんなと会う。この先生が白衣の胸に聴診器をぶらさげて、背筋を伸ばして廊下を歩いている姿もよく見かけたさ。色は白い方ではなかったね。はっきり言って、ずいぶん黒い。それが白衣のせいかいよいよ黒く見えてね。背が高いし、豪快なものさ。

いや、沖縄の女は日焼けをずいぶん気にするんだ。黒いってのは絶対悪だって思っているのが多い。人によっては夏でも長袖《ながそで》に日傘で外を歩く。車を運転する時は右手だけ手袋をはめる。しかしノリコ先生は平気だった。テニスやってたっていうし。看護婦たちはずいぶん尊敬している風だった。

美人ではない。男っぽい顔かな。目も鼻も口もくっきりしている。愛想がなくて、口のききかたがぶっきらぼうで、それで患者には評判がよかった。信頼感だろうか。要するに、女である以上に医者だったんだろ。医者としては優秀。この人は信じられる。

よく見かけたけれど、口をきいたことはほとんどなかった。内科に顔を出して、置くものを置いて、運び出すものをワゴンに積んで、外に出ようとしたところへちょうど先方が何か持ってきて、「これもお願いね」って言われたことが一、二度あったぐらい。向こうはトラフィックの男の子というだけで、俺の名も覚えていなかったと思うな。お互いにとって院のスタッフ二百人のうちの一人というだけ。

そうしたら、ある日、廊下でたまたますれちがった時に、声を掛けてきたんだ。

「齋藤《さいとう》君、今晩、何か用事ある?」

いきなりだから、びっくりした。

「別に」って答えた。内地から来た貧乏なバイト浪人に夜の用事なんか何もないさ。

その頃は前に言った仲間の部屋に居候《いそうろう》していた。帰って、当番なら飯を作って、食って、あとはテレビを見るか、あいつと喋るか、たまには専門誌に目を通すか。まあ、夜もバイトするほど困ってはいなかったってことだけど。

「そう。じゃ、ご飯食べよう。いつもみたいにバス停で待っていて。車で拾ってあげる」

それだけ言って、こちらが返事する間もなく、行ってしまった。俺の通勤の足はバスだった。仲間が借りていた部屋は南風原にあった。そう、南風の原って書いて「はえばる」って読む。きれいな地名だよ。

いつもみたいにって言うんだから、ノリコ先生はたぶん俺がぼんやりバスを待っている姿を前に見ていたんだろうな。衝動的に俺を誘ったんじゃなくて、もう少し計画的だったんだと後になってわかったけどね。

仕事を終えて、バス停に行った。他にもバスを待っている人がいるし、夕方で日勤のみんなが帰る時だから知った顔も何人かいる。車で拾ってくれるといっても、ちょっと離れていた方がいいだろうと思って、バス停から十メートルほど戻って、待った。バスが一台来て、待っていた人たちはみんなそれに乗って行った。いい具合だと思った。若い看護婦ならばともかく相手がノリコ先生なんだから別に隠す必要はないんだが、なんだか恥ずかしいしね。

そこへノリコ先生の車がきて、俺の前に停まった。ドアを開いて、先生の横に乗り込んだ。

「どうも」って言って、後が続かない。

どういうわけでこういうことになったのか、わからないんだよ。先生の方も何も言わないまま発進させて、たまたますぐに右折する道で、対向車の隙間《すきま》をねらっていたせいもあるけれども、ずっと黙っている。ようやく右折してから、ちらっとこっちを見たね。

「アメリカ料理、食べる?」

「ええ、なんでも」

言ってから、なんでもってのはまずかったなと思ったけれど、ノリコ先生は気にしていない。

「じゃ、泡瀬まで行きましょう」って言って、そのまま三二九号線を走る。女にしてはと言ってはなんだけど、きびきびした上手な運転だよ。南部から泡瀬は遠い。途中で、生まれたところとか(俺はほら、三浦半島の生まれだろ)、沖縄の感想とか、少しは話をしたけどね。あとは院内の仕事のことかな。あの病院がなかなか好きだって言ったと思う。

先生は自分のことは何も言わない。なぜ俺と食事をする気になったかも言わない。こっちは一種の恩恵だと勝手に思ったりして。トラフィックとして優秀だから院長命令でノリコ先生が俺を接待することになったなんて、バカなこと考えていると自分でも思ったよ。

泡瀬ってのはコザの先、東海岸に面したところでね、そのヨットハーバーの横にサムズ・バイ・ザ・シーっていう店がある。とことんアメリカ風の店。笑っちゃうほどさ。高い天井に大きな扇風機が回っていて、テーブルとテーブルの間が広くて、ウェイトレスが若いのも老《ふ》けたのも一様にミニ・スカートに白いエプロン。料理も量があって、アメリカ味。マルガリータなんか一杯でコカコーラ一缶分ぐらいある。そういう意味ではおもしろい店さ。

でも、気まずいよ。相手の意図がまるでわからない。また内地から沖縄に来ての感想とか、病院の中のこととか、どうでもいいことをぽつぽつ話しながら一所懸命食べた。うまかった。そう、基本的にはうまい店なんだ。客の半分ぐらいはベースから出てきたアメリカの軍人と家族だし。

「きみは花が専門なの？」と先生が聞く。

「自分は農大では花卉《かき》を専攻しましたから、一応専門ということになると思います」と答えた。「花と言っても今はバイオ技術でいろいろなことができるし、圃場《ほじょう》やビニール・ハウスの中をうろうろしているだけじゃないんです」

医学だって生物学の一種なんだから、バイオの話ならわかるかもしれないと思って、なるべくそっちへ話を持っていこうとした。ひょっとして病院の花壇でも造らせてもらえるかななんて考えた。病院は多角経営を目指していて、その花卉園芸部門の責任者として自分が抜擢《ばってき》されたらと夢想した。そうだよ、昔から俺は考えが変な方へ流れる癖があっただろう。しかし、ノリコ先生はあんまり花のことは考えていないみたいだ。話はやっぱり続かない。

食事を終えて、席を立った。

帰りの車も先生が運転。やっぱり話題がない。まあ、俺は巨大なグラスのマルガリータでいい気持ちになって鼻唄《はなうた》を歌っていたから、あんまり気にならなかったけれど。

やがて那覇《なは》の近くまで戻った。

「うちに寄って、コーヒー飲んでいかない?」と先生が言う。

食事の席で出なかったこの招待の本当の目的がわかるかもしれないとも思ったから、「ええ」って答えた。ともかく男なんだから、こういう場合に身の危険なんてことは考えなくても済むわけだし。いや、その時にそう考えたわけじゃないんだ。頭はからっぽだったね。

家は首里の県立博物館の裏の大きなマンションだった。地下の駐車場に車を入れて、そのままエレベーターで五階の部屋まで上がれるようになっていて、広くはないけれど、やっぱり女の人の部屋ってのはきちんとしていると思った。南風原の仲間の八畳一間とは大違いだ。バルコニーの外に首里城が見えて、それをライトアップしているから、なかなかの風景だし。

先生がコーヒーをいれてくれて、首里城がよく見えるようにと室内の電気を消して、ソファでそのコーヒーを飲んだ。夜中の室内に男と女が二人だけでいて、酒も少し入っていて、それでも、ロマンチックとか色っぽいとか、そういう方面に頭が向かわなかったのは、やっぱり相手がノリコ先生だったからかな。俺の方に女をそういう目で見る習慣がなかったのもいけない。肉体的な魅力があるかないか、声をかけてなんとかなる見込みがあるかないか、そういうことを考えて相手を見ない。ノリコ先生が年上の医者だからでなくて、だいたい俺はそっちに頭が回らないんだな。美人とか色っぽいとか、そういう人でないということもたしかにあった。およそ誰もこの人と色恋ということを結びつけて考えないような人なんだ。

それで、コーヒーを飲みおわった。やっぱり話がない。ノリコ先生にもそれがわかっていて、どことなく緊張している。俺の方は、この後どうやって南風原の家まで帰ろうかと、それればかり考えていたんだ。タクシーを使うような贅沢《ぜいたく》はしたくないし、まさか先生に送ってくれとも言えない。夜中にバスはない。そのうち、歩いたところでせいぜい一時間の距離だと気づいて一種安心したのを覚えているよ。なさけない話だが、あの頃の俺の経済状態って、そんなものだったんだ。ま、歩くのは好きだから。

「齋藤君」と先生が俺の顔を見て言う。考えてみれば、あの晩、正面から顔を見て先生が何か言ったのはそれがはじめてだったんじゃないかな。すごく緊張した顔。

「齋藤君……こういうことってすごく言いにくいけど……このまま、今晩、泊まっていかない?」

たしかに俺はびっくりした。うーん、そういうことだったのか。でも、意外っていう思いが顔に出たら先生は傷つくと考える余裕はあったね。異性を相手には誰だってリスクを承知でアプローチするものだから、聞く側もそれを考えて柔らかく受け止める。断るか受けるかの判断はともかく、気は使う。そういうものだろ。違うか?

「いいんですか?」

我ながら間抜けな答えだ。ある意味では実に失礼な答えだとも思った。そして、そう思った瞬間、ようやく、自分と先生が男と女なのだとわかったんだ。相手に身体《からだ》があることが理解できた。今この場でそういうことが可能な二人なのだとわかった。要するに、俺はものすごく迂闊《うかつ》だったわけさ。

「いいって、わたしが誘っているのよ。お願いしている。恥ずかしいけど、そういう気持ちなの」

いや、お前が知っているとおり、俺はもてる方じゃないよ。だいたい女には縁がなかった。農大の頃はガールフレンドがいた時期もあったし(一度会っているよな?)、まさか童貞じゃないけれど、それでも全体に俺の性生活は地味なものだったね。あの彼女とはすぐにうまくいかなくなって、それも沖縄に来た理由の一つだったわけさ。誘いってのは、考えてみれば、魔法の言葉だよ。誘われたとたん、目の前の人がまったく違って見えてくる。歳とか立場とか美醜とか周囲の人間を分類していたのがとっぱらわれる。自分と相手しかなくなる。

性欲とも違うね、ああいう時は。一人でいて、女が欲しいと思った時に頭の中に妄想として浮かんでくるのは、あれはたしかに性欲だよ。あるいは、それを背後で動かしているのは性欲。でも、あの時は、人と人のつきあいの、普段は開けない扉を開けたみたいで、わくわくとおずおずが半分ずつ。そんな感じだった。これはただ実行するというのとは全然違う話だってわかったんだ。身の上話に似ている。人に話さなかったことを全部言ってしまうみたいな。だから恥ずかしい。信頼関係かな。慣れた奴《やつ》ならそんなこともないのかもしれないけれど、俺もあの人も不慣れだったから。

それで、泊まっていくことにしたんだよ、結局。

詳しく話すわけにはいかないだろ、こんな話。二人とも不器用だから、なかなかことがうまく運ばない。そういう相手だというのはすぐにわかった。幼稚園の子供たちが運動会の練習をしているみたいだ。不器用に触って、ゆっくり始めて、半分照れながら、それでも少しずつ脱いで脱がせて、どこかで止まらなくなる。だけどあの人の方もどうしていいのかわからなかったみたいで、途中で笑ってしまったり、ぼんやりしたり。自分から言いだしたのにおかしいなと思ったよ。

それで、隣の寝室に移動して、ベッドがあったからその上で、その、なんて言うんだ、交わったわけですよ。そう、やっぱり楽しいことだった。こんないいことがあるかと改めて思ったね。世界中に固いものや柔らかいものや熱いものや冷たいものがあって、そういう中で女の身体だけは別の素材でできている。別の温度と柔らかさとすべすべ感と匂《にお》いがある。潤《うるお》いかたがある。熱さがある。そういうものさ。今さら俺がお前に教えることでもない。

終わってから、二人で横になって天井を見ていた。

「ああ、私、どうなってるんだろう?」って先生がぽつんと言った。

「どうしたんですか、先生?」

「先生はやめて」

「じゃ、ノリコさんですか?」

「よくわからないの、自分で」

そのままあの人はずっと黙っている。後悔しているという風ではなくて、ただ途方に暮れているみたいでね。俺の方だってそれに近かったけれど。でも、女の人ってああいう時はそんなことを言うものかなって思って。

それでも、ともかく二人で裸でベッドの上にいるんだから、またお互い手が出る。触りあって、乗り掛かって、だいたい朝までずっとそんなことをしていた。

お前が相手だから正直に言えば、あれはいいもんだよ、男と女って。さっきも言ったか? あの時はじめてそう思ったね。身体があって、なんの邪魔するものもなく、お互いの身体を使って快楽を引き出すことができる。引き出すことはそのまま与えることでもある。それぞれの心のことは忘れていられる。二人でやっていることに心の方を合わせればいいんだ。

なにがどうなっているのかわからないけれど、愛しているとはどちらも言わなかった。自分が道具として使われ、自分も相手を道具として扱う、かな。それでも快楽を共有することができる。そういう一夜だった。

朝、五時ぐらいになって、俺は帰ることにした。人に見られると困ると思ったし、やっぱり人の寝室って落ちつかないから。お休みなさいって言って、玄関のドアをそっと閉めて、エレベーターで降りて、それで、南風原の仲間の家まで歩いて帰った。妙に興奮して、いろいろ考えながら、少しずつ明るくなる街路を歩いたのを覚えている。

しかもこれが一晩だけではないらしかった。

「今晩、またあのバス停でね」

帰りがけにドアのところであの人がそう言ったんだ。

「あの先を右折したあたりの方がいいですよ。人が見ない」と俺も答えた。

「わかった。それから、病院ではお互い知らん顔」

「もちろん」

だからその晩も同じようなことになった。実はそういうことが十日間続いたんだ。二人ともだんだん欲張りになった。二日目の晩は泡瀬のような遠いところに行かないで、首里の小さな料亭で食事をした。住宅街の中にある目立たない店で、うまい琉《りゅう》球《きゅう》料理だということは覚えているけれど、本当の話、心の中では二人とも料理どころではなかった。早くあの部屋に行ってすることをしたい。ゆっくりと上品に間を置いて出てくる料理を待ちながら、二人とも同じことを考えていたわけだよ。

部屋に戻って、前の晩と同じようにして、それでもすることの一つ一つが初めてみたいに新鮮で、なにもかもがきらきらしている。まるで地球の上に最初に生まれた男と女みたいだ。一度終わって、うつらうつらしているうちにどちらかが相手を起こしてまたはじめて。途中で風呂《ふろ》に入って、互いの身体を丁寧に磨いて、その途中からまた……。はは、思い出すと恥ずかしい。

あの時はやれるかぎりのことをやろうという、なにか探究心のようなものがあった。どこをどうすればどんな感覚が味わえるか、全部知りたかった。ゆっくり、しつこく、じらして、唇と唇を触れるか触れない位置でとめて、かすかに舐《な》める。我慢できなくなるまでそれを続ける。部屋のこっちとあっちに坐《すわ》って、手が届かない位置で、一枚ずつ脱ぐ。見せる。玄関に入ったところで、外出姿のまま押し倒して、半裸でころげまわる。廊下に敷いた小さな絨毯《じゆうたん》の触感が実によかったりする。

要するに身体を使ってできることをぜんぶやった。心の話はない。こちらもその気にならないし、あの人も話さない。

「どうして俺を誘ったんですか？」と聞いたことがあった。

「わからない。そういう気持ちになったの」

「時々そうなる？」

「バカなこと言わないでよ。離婚してからはじめて。それだって自分で信じられないぐらいのこと。よくあんなことがやれたと思うわ」

「そう、こっちも驚いた」

「一生に一度の勇気よ」

その言葉のとおりなのだろうと俺は思った。俺が選ばれたというよりも、たまたま俺だったという感じがどこかにある。しかし、それはこっちにしても同じことなんだ。なにか、学校の特別講習にでも通っているみたい。毎日いろいろなことをして、優等生だからレッスンはおもしろいけれども、いずれはすべてのカリキュラムを終えるのかもしれない。二人とも生徒みたいな気分でね。そうだとしたら、誰が教師だったんだろう？

昼間、病院では申し合わせどおりまったく知らん顔をしていた。それだって芝居かゲームみたいで楽しかった。あの白衣の下にあの身体があると想像すると困ることになる。それを夜になって告白する。それでも昼間はお互い厳格に知らん顔を通した。その気になればやれたかもしれないが（なにしろ病院だもの、ベッドならたくさんあるさ）、さすがにそこまではしなかった。ただひたすら夜を待った。あの人の夜勤の翌日は俺も病院を休んで、昼間からずっと籠《こ》もった。ほとんど食事もしなかった。翌日からはまた夜。その一夜が明けて、朝になってあの部屋を出て、南風原まで歩いて帰る。それも変わらなかった。疲れていることを嬉《うれ》しいと思いながら、歩いて帰った。元気だったんだよ、あの頃は。

それにね、歩いて帰っていることは言ってなかったんだ。妙な意地みたいなものかな。歩いているうちにようやくあの奇妙な騒ぎの場から降りて、もともとの自分に戻ったような気持ちになる。仲間の部屋に勝手に入って、自分の寝床でぐっすり眠る。あいつはうすうす知っていただろうけど、何も聞かない。言う時には言うだろうと思っていたようだ。結局最後まで言わなかったけれど。二年後に仲間の姉さんと俺は結婚したんだから、言わなくてよかったのかもしれない。

十一日目の夕方、俺が車に乗ると、あの人は俺の顔をじっと見た。

「泡瀬に行きましょう」と言う。

変だなと思ったけれど、それもいいだろう。あるいは連夜のことに疲れたのかもしれない。店は最初の晩と同じサムズ・バイ・ザ・シー。同じように巨大なマルガリータを飲んで、メキシコ風のチキンか何か食べていると、また俺の顔をじっと見る。

「齋藤君、これでおしまいにしよう」

いきなりだったね。

「え?」

「今日でおしまい。この間からのことは二人とも全部忘れよう。これっきり」

「どうして?」

「だって、いつか終わるしかないでしょう」

ああ、そうなのかと思った。はじまった時、つまり泊まっていってと言われた時、意外感と納得感が同時に来たのとよく似ていた。いきなりはじまり、いきなり終わる。意外でもあるけれども、わからないことではない。こんなことがいつまでも続くはずがない。続けることに意味がない。そうなんだ。

あの人は、自分たちは愛し合っていない、なぜか始めてしまったけれど、愛でない以上長くは続かない。続けるべきでない。いずれは傷つけ合う。お互い一人に戻った方がいい。そう言った。

俺は返事のしようがなかった。実を言えば、俺も同じように思っていたんだ。かと言って、あまり速やかに承諾するのは、なにかあの人を傷つけるような気がした。少しは未練を見せた方がいいとも思った。いずれにしても、俺は黙ったままあの人の言うことを聞いていただけだったけれど。

自分の方から声をかけて、また自分の方からこんなことを言うのは本当に勝手だと思うかもしれないけれど、でもわかってほしい（とあの人は言った）。決して気まぐれに男の子を釣ったわけではなくて、誰かと寝るのは本当に離婚の後で初めてだった。結婚している時だって、極く地味な性生活。でも、あの時はどうしても齋藤君を抱いて、抱かれてみたくなった。自分が抑えられなかった。それはわかっているでしょ？

わかっている、と言った。理屈としてはそれはよくわかる。自分だって愛しているなんて言葉を軽々しくは使いたくない。男と女の仲だって、寝たら愛するようになったなんてものじゃないでしょう。ただ、目の前にいるこの人のこの身体にもう触れられないというのが、現実として辛《つら》いわけですよ。隅から隅まで知っていて、どこをどうすればどういう反応が返ってくるかもわかっている親しい身体がその時から無縁なものになる。それに耐える覚悟をしなければならない。毎晩寂しく一人で寝なければならない。その覚悟のことを考えているだけですよ。

それは同じ、とあの人も言う。自分の方がもっと辛いとお互いに競《せ》り合っても意味はないけれど、私にすれば一生で最後の男かもしれないと思ってしまう。でも、やっぱりおしまいにした方がいいの。

それで、俺は、わかりましたって言ってしまった。

「ありがとう」

「いえ、こっちもありがとうです」

そのまま二人とも何も言えなくなった。黙って食事を済ませて、車を出して、そのまま送ってもらってどこかで降りるつもりだったんだけど、比屋根《ひやごん》の総合運動公園のところで海側の埋立地に車を入れて、ずっと先の方の誰も来ないところに車を停めて、それで、車の後ろの席で抱き合って名残を惜しんで、それが最後だった。

南風原の家の近くまで送ってもらって、車を降りたら、それで本当におしまい。そこから仲間の家まで二百メートルほどの距離を歩いているうちに、これでよかったんだっていう実感が湧《わ》いてきた。歳《とし》が違うとか、立場がどうとか、そういうことじゃなくて、最初から何の関係もないんだから。愛なんかないんだから。たまたまこういうことになって、どちらもいい思いをして、それが終わって別れる。それでいいんだって納得したんだな。変に後へひっぱったら、どっちももっと嫌な思い、辛い思いをするだろうと考えた。二人ともそれで納得して別れられるようなさらっとした性格だったんだろ。だから、それでよかったんだ。夏休みのレッスンは終わったんだよ。

その後は院内で会ってももちろん知らん顔。いや、どこかにいたずらっぽくお互いを認める目つきがあったかもしれない。しかし、こっちはバイトの坊や、相手は偉い内科の先生、という形に戻ったことはまちがいない。未練がなかったはずはないけれども、二人ともちゃんと耐えたよ。

一か月ほどした時かな、たまたま今の会社が蘭《らん》をバイオで育てるという計画を立てている話を聞いて、東京の農大を出たバイオの専門家だって売り込んで、見習いみたいな形で就職できることになった。病院を辞める時も事務室と各科のナース・センターに顔を出して挨拶《あいさつ》しただけで、あの人には何も言わなかった。それ以降も一度も会っていない。

いや、それで終われば、オクテの青年と不器用な女医さんの十日間の情事でいいわけだ。でも、その後で手紙をもらって、それが不思議な話でね。本当のことだろうかと、俺は今もって決めかねている。それがあるから、こんな話をお前にしたんだ。憑《ひよう》依《い》による恋とか、はるか昔の恋人たちに身体《からだ》を使われるとか、そういう話、信じるかい？

それに、この手紙をもらってから、俺は本当にこの人のことを好きになったみたいなんだな。ああ、いい人なんだなって思った。いや、また連絡を取るようなことはしなかった。終わったことは終わったこと。だけど、何か大事なものを手に入れそこなったという気もしたのさ。

ああ、手紙、まだ持っている。後からコピーを送ってやるよ。今晩のところは話の前半だけで我慢しておけ。

齋藤君

元気ですか？　新しい仕事がうまくいっているらしいという噂《うわさ》を看護婦たちから聞きました。よかったね。

手紙、書こうかどうしようか迷ったけれど、やっぱり書いておきます。あの十日間のこと、感謝しています。感謝って言葉、なんだか変だけど、やっぱり私の気持ちは感謝ね。それとは別に、なんであああいうことになったのか、あれからわかったことがあって、私なりに説明しておきたいと思って、それで手紙を書くことにしました。

病院で君が働くようになって、姿をしばしば見かけても、私は何も感じなかった。ああ、新しいバイトの男の子だなというだけでした。バイトにしては少し歳だけど、感じのいい子だと思った。それ以上ではない。ずっとそうでした。お互い似たようなものでしょ。だいたい私は異性の魅力には鈍感な方だから、離婚の後もずっと一人で暮らして寂しくもなかったし、苦労とも思わなかった。

それが、ある日、ああやって誘う数日前のこと、ナース・センターで若い看護婦たちが君の噂をしていて（実は君はずいぶん彼女たちに人気があったのですよ）、君が農大を出て本当は花を作るのが専門だということを耳に挟んだ時、何か急に心が動いたのね。君への強い関心がいきなり生じた。後になっていろいろと考えてみても、自分の側にそんな理由はないのです。花が特別好きではなし、花作りの人に熱を上げたこともないし、だいたい若い男の人に気持ちが向くってことがなかったんだから。

しかも、その君への関心は毎日どんどんふくらむのです。廊下の角から君の後ろ姿をずっと見ていたり、庶務に行って他の件のついでに君についての情報を仕入れたり、帰りのバス停で君の姿を見てしっかり記憶にとどめたり（まさか車でバスを追跡することまではしなかったけれど）。そういうことをしている自分がよくわからなかった。我ながらバカだなと思いました。まるで女学生の初恋。その関心が君の肉体の方へ向かっていった時には、自分でも困惑しました。ともかく君に触りたい。触られたいと思う。廊下ですれちがった時に、身体の中を熱い風が吹き抜けるような強いショックを受けて、角を曲がったとたん廊下の壁に身をあずけてしばらくぼーっとしていたこともありました。

私はあの坊やに抱かれたがっている。それを認めるしかない。そう気づいて、愕《がく》然《ぜん》としました。院内の自分の立場とか、歳の違いとか、そういうこともあるけれど、それよりも自分の中からそういう思いが出てくるということに驚いたの。

それで、ずいぶん迷ったあげく、どうしてもその思いを自分の中に収めておくことができないと思って、意を決してああやって声を掛けました。君は応じてくれたし、深夜の提案にも応じてくれた。あんなに嬉しいことはなかった。あんなに楽しい十日間もなかった。それは君が知っていることだし、お互い恥ずかしいから詳しくは書きません。

そして、正直に言うと、十日目に私は覚めたのです。君が嫌いになったわけではない。ただ、もう終わった。これで充分という声がして、身体の中から湧いてくるあの熱もゆっくりと冷めてゆくようで、ここでおしまいにしていいんだとわかりました。一方的にはじめて、一方的に終わらせる。君には済まないことをしたと思っています。君は私のいうことを承知してくれた。心の優しい相手でよかったとも思いました。

そうして君と別れて、君が本島北部の会社に就職して、いい仕事をしているらしいとまた看護婦たちの噂で聞いて、その頃になって、あれはいったい何だったんだろうと改めて不思議に思いました。

ずっとそういう思いはあったんです。私たちのあの欲望は本当に自分たちの中からでてきたものだったのか。すごく変な考えかただけど、私たち、誰かに使われたんじゃないだろうか。私たちは誰かの道具だったんじゃないだろうか。そういう理屈に合わない考えが湧いてきて、どうしても気になる。なぜ急にはじまって急に終わったんだろう。恋って普通はそんなものではないでしょう。なぜ身体ばかりだったんだろう。正直な話、君の生い立ちや仕事や考えには何の興味もない。精神的な恋が崇高だとは思わないけれど、あんなに身体ばかりというのも何かおかしい。どうしてもこのままほうっておいてはいけないと思いました。本当のことを知りたい。

そういう気持ちが自分の中でやいのやいのと急《せ》かして、我慢できなくなって、私は何をしたか？　笑わないでください。ユタのところに行ったのです。

ユタは知っていますよね。この島の人たちが何か身辺に不幸が続いたり、家族のことで困ったり、そのほか心配ごとを抱えて一人ではどうしようもない時に、行って相談する霊的なコンサルタント。だいたい先祖にまつわる原因を教えられて、その障害を除くために拝所《はいしょ》を何か所かまわって御願《うがん》をするよう指示される。時にはユタも一緒に回ってくれる。

私はユタの意義を認めます。精神医学にもかなったことです。ユタ買いに行く人に信じる心があれば、たしかに効果があるでしょう。一種の療法ね。しかし、ユタムニー（ユタの言うこと）が科学的な意味での真理だとは思いません。あれはあくまで主観的な真理にすぎない。少なくとも近代医学の徒である私としてはそうとしか考えられない。

それでも、自分の身に起こったことがあまりに不思議なので、どんな方法に頼ってでもあれが何だったのか知りたいと思ったのです。その時、ユタという考えが頭に浮かんだ。家の近くや病院の近くでは人目もあると思って（見栄《みえ》かもしれないけれど、人に知られれば私のユタ買いはずいぶん評判になったでしょうから）、わざわざ宜野湾の方まで行きました。そのユタのことは、遠い親戚《しんせき》のおばあに、他人に頼まれたからと言って電話で教えてもらったのです。

しかし、そのユタは私の相談に乗ってくれませんでした。行ってざっと事情を話すと、お盆の上に乗せた米粒を指でさばきながら、しばらく何かぶつぶつ呟《つぶや》いていましたが、やがて顔を上げて、これはわたしの手には負えないと言ったのです。どうやらユタにも力に応じてクラスがあるらしい。私はもう一級上のユタを紹介されてそちらへ行きました。

そちらは首里の私の家のすぐ近くでした。ためらいがないではなかったけれど、ここまで来た以上は戻るわけにはいかないと思って、夜勤明けの日の夕方、そこへ徒歩で行きました。一級上と聞いていたせいもあるのか、とても立派な顔をしたお婆《ばあ》さんに見えました。

私は自分の身に起こったことを話しました。患者が私に病状を話す時の気持ちを思い出しながら、その時にこちらが聞きたいと思っている大事なことを隠す心理と、そこが聞きたいという医者の側の両方を自分の中に再現しながら、二重の自分になって話しました。そう、私は病人になったのです。ずいぶん素直に話せたと思います。

ユタのおばあは、途中何度も質問を挟んで、熱心に聞いてくれました。気がつくと私はそのユタをすっかり信頼していたのです。話しているうちに心の中で凍っていたものが溶けてゆくようで、とても気が楽になりました。自分が心の中では君に対してとても済まないと思っていたこともわかった。つまりそういうことが心の底から表面まで浮上してくるようなのです。抑えていた思いが出てくる。話すことで気が楽になるというユタの第一効果を実感しました。その上で、やっぱり自分は何かに使われていたという印象が強く残る。私たち二人が使われていた。

ユタのおばあは話を聞き終わってから、しばらく目を閉じてものを考え、何か聞こえないものを聞くように耳を澄まし、正面の祭壇に向かってウチナーグチで、それもずいぶん大きな声で私のことを話し、助言を願いました。それからお盆と米粒を使ってまじないのようなことをしました。それから、ずっと長い間そのまま黙っていました。そしてようやく私の方を向き直って、私の顔をじっと見ました。

ユタが話してくれたところによると、やはり私たちは誰かに身体を使われたらしいのです。乗り移りとか憑依ということでしょう。それが誰なのか、手掛かりの一つは私の名前、徳子という名の徳の字だとおばあは言います。もう一つは、君が花を作る若者だったということ。もう一つは首里。私が住んでいる場所。私たちが毎晩あんなことをした場所。そして、この人の霊は何十年かに一度このようにして誰かに憑《つ》くことでユタの間では知られているとも言いました。自分は名前までは知らないけれども、首里の昔の王様の一族で、時おり出てきて女に憑いてこういういたずらをする。憑いた相手の身体をつかって、男と女の楽しみをぞんぶんに味わって、消える。同じ女に二度憑くことはない。首里のお城に縁のある高貴な人で、ものの本にはその名もあるはず。いや、私は無学だからその名までは知らないけれど、あんたは判《わか》るはずよ。いずれにしてももう大丈夫。この先は何の心配もない。それから、あんただって相手のニーセー（若者、君のことね）だって、いい思いをしたんだから、決してこの人を恨んではいけない。ありがとうという気持ちで思い出しなさい。その人は心の優しい人で、辛い恋をして寂しい死にかたをした。だから、何百年たってもまだ思いがこの世に残っている。その人を慰めてやれて、あんたはとてもいいことをしたんだよ。

　そこまで教えてもらって、私は家に帰りました。ユタの言葉を私は全部ではないけれど八割ぐらい信じる気持ちになっていました。だから、次に何をしたかというと、歴史の本を読んだのです。それまでは琉球の歴史なんてまるで関心がなかったのに、ともかくその人の名が知りたいばかりにいきなり勉強をはじめたわけ。

　首里の王様の一族というのは、つまり尚《しょう》王朝です。途中クーデタで交代しているので、第一尚氏と第二尚氏と呼びます。海外貿易で大いに栄えた時代がありました。途中で薩摩《さつま》の軍隊が来て、琉球はさんざ苛《いじ》められました。そういうことはよくわかった。学生に戻って復習をしました。でも、歴史の本には王家の女の悲恋のようなゴシップは出ていないのです。ものの本にはその名があるはず、というユタの言葉を信じて、次に私は『おもろさうし』を読みました。これもむずかしい。同じようなことの繰り返しで、呪文《じゅもん》のようで、もっぱら土地を褒める言葉の連続で、やはりゴシップはないのです。

そこで私は琉歌へ行きました。『琉歌全集』の、本文はむずかしいから、現代語訳を手がかりに毎晩あっちこっち何十首かずつ読んでいきました。歌の内容は抽象的で今一つつかみきれなかったりするけれど、作者の名は具体的な人の名です。浦《うら》添《そえ》王子《おうじ》朝熹《ちょうき》とか、与那原《よなばる》親方《うえーかた》良矩《りょうく》とか、喜舎場《きしゃば》親雲上《ぺーちん》朝張《ちょうちょう》とか、いかにも実在の人という気がします。そういう名の人が何百年か前にこの地に暮らして、嬉《うれ》しい思いや悲しい思いをしたのだという実感は伝わりました。名歌人として有名な吉屋《よしや》思鶴《うみちる》や恩納《おんな》なべの歌も読みました。三千首近く入っているのですから、毎晩読みつかれて眠くなってそのまま寝るという夜が続きました。夜毎《よごと》おなじことをして寝るというのは、君と一緒のあの時みたいと思って懐《なつ》かしかった。

数日後、目当ての歌はいきなり来ました。

花当の里前　花持たちたばうち
花持たさよりか　御胴いまうれ

花の係が花を持ってきてくれた、でも、花よりも御本人が来てくれた方が嬉しかったのに。

声に出して読めば（というのも私が夜中に何度となく声に出して読んだからですけれど）、「はなたいぬ　さとぅめ、はなむたち　たぼち、はな　むたさ　ゆいか、うんじゅ　いもり」。御胴はうんじゅ。あなたということです。

作者の名は尚徳王女でした。これが私に憑いた人の名前です。第一尚氏の最後の王様だった尚徳王のお嬢さん。解説の方にその悲恋の話が書いてありました。

彼女は王女でありながら、身分の低い花当、つまり花園係の役人の幸地里主《こうちぬさとぬし》という若い男に夢中になった。職務として花を届けてくれたのはうれしいけれど、花よりもあなたの方が欲しかったというのは、ずいぶんはっきりとしたものの言いかたです。私は琉歌のことはよく知りませんが、こんなにまっすぐものを言っている歌は少ないみたい。そういう性格の王女だったのでしょう。

そして二人はこっそり会う仲になった。たぶん私たちと同じような快楽を味わったのでしょう。でも長くは続かなかった。尚徳王女の恋はやがて城中に知れて、幸地里之子（サトヌシは二つ書きかたがあるみたい）は罪に問われました。二人はもう会えなくなった。

そういうことだったのかと思いました。真夜中に、君と一緒にいろいろ楽しいことをしたベッドに腹這《はらば》いになって大きな琉歌の本を読んでいってこの歌に行き当たった時、不思議な気持ちになりました。いきなり何百年か前に飛んでいったみたい。君の身体《からだ》が飛行機だったみたい。そのおかげで、本当にその尚徳王女さんが出てきて、私の横に同じように腹這いになって、昔々の自分の歌を読んで感慨に耽《ふけ》っている。辛《つら》かったでしょうねと私が言うと、そう、とても辛かった、でも、こっそりでも、ほんの短い間でも、会えた時の喜びだってよく覚えている、あなただって知っているでしょう、この間ちゃんと味わったでしょう、そう言っているみたい。

どんな顔の人だったのか。私とちがって王女だからやっぱり美しかったのか。気の強いお嬢さんだったのか。もしも同じ時代に生まれていたら、私と友だちになれるような人だったのか。私は王家の侍医になって、この人の身体を見てあげることになったのか。いや、その頃は女の医者なんていなかっただろう。私はせいぜい侍女。

私に王女が憑いていたのなら、君には幸地里之子が同じように憑いていたことになります。しかし、ことは私の側からはじまった。王女の方がきっと気が強い人だから、彼女の方があの人にしましょうって言って、それであんなことが始まる。なんだか君は二重に使われたみたいなことになってごめんなさい。でも、君だって楽しんでいたものね。私は女として自信が出ました。もっとも、また王女さまの霊が憑いてくれなければ、二度とあんなことはできそうにないけれども。

本当に私たちに憑いたのが尚徳王女と幸地里之子の霊だったのか、魂がそうやって時間を超えて渡ってくることがあるのか。『琉歌全集』を繰ってこの歌を見つけた時の興奮から覚めてしばらくたった今の私にはよくわかりません。自分の意思とは別のものに動かされて君を誘い、ああいう毎晩を過ごし、別れてまだ納得がいかずにユタのところに行って、最後にこの歌に行き合った。不思議なことをしたものだと思いますし、させられていたとも思います。

でも、他の土地ならばともかく、ここ沖縄ではそれもあるかもしれないとも考えるのです。私は子供の頃からご先祖のことを聞いて育ちました。いろいろ憑くものや、マブイ(つまり魂ね)を落とす話も聞きました。実際ここは、お盆にもなれば夏の青空に先祖の霊がずらっと並んでいるようなところですからね。

それで、もしも悲恋の二人が私たちの身体を借りてあんなに大きな悦楽を得たとしたら、私たちもそのお相伴にあずかったとすれば、それはやっぱりいいことだったのでしょう。君が私の言うことを信じないのならば、つまりいい歳《とし》をしたおばさんの色事の相手をさせられて、その後始末にこんな話を読まされたと思うのなら、それはそれでしかたがないと思います。ここまで書いてきて、私はなんとなく弱気になっています。こんな話、信じろという方が無理かもしれない。それならそれでいいですけれど、それでもこの歌はいいでしょう。笑ってくれてもいいけれど、四十二歳で私は文学少女になりました。

お元気でね。

——徳子

大事なことを忘れるところでした。

この二人の恋は露顕して、幸地里之子は処刑され、王女の方は嘆きのあまり首里城の城壁の上から身を投げて死んだということになっています。でも、昔からの琉球人の性格を考えると、私は幸地里之子はひそかに遠隔の地の別の職務に就けられ、王女は一人嘆きの人生を送って老いたという気がするのです。

レシタションのはじまり

レシタションの起源については今もさまざまな説が流布《るふ》している。あれが広まりゆく過程はあたかも疫病《えきびょう》のごとくであったと言う者がいる。最初は一地方に限定されるかと思われたが、たちまち国境を越え、大陸を覆《おお》い、海を渡り、世界ぜんたいを輝かしい色に染めた。

悪魔ならぬ神が広めた疫病、人を不幸の底に落とすのではなく、平安の至福に高める疫病、そんなものがあるとすれば、レシタションこそはそれだろう。だから最初の患者を名乗る者が続出する。ここに紹介するのは中でも最も慎《つつ》ましく、また最も信頼できる説である。

あれが南米から始まったことは疑う余地がない。だからレシタションとスペイン語で、ないしレシタサンとポルトガル語で呼ばれるのであって、行く先々ではマントラとか、真言《しんごん》とか、ヴェリトゥスとか、多くの異名で呼ばれることにもなったが、しかし普及した最初の名はレシタション、すなわちお唱えであった。それ以前に実はンクンレという名があったが、こちらはそれを保持していた人々の名と共に忘れられてしまった。

この説の始まりはブラジルの奥地、アマゾナスの小さな町である。そこにセバスチアーノという若者がいた。性は善良だが、時として激情に駆られて乱暴なふるまいに及ぶことがあった。今となってはもう理解しがたいことかもしれないが、つまり、感情の力の方が理性を上回って、後になればするべきでなかったというような行為を興奮のうちに行ってしまうことを激情と呼ぶのだ。

セバスチアーノのために弁明しておけば、これはあの頃には特に珍しい特性ではなかった。レシタションが広まる前、すべての人間は多かれ少なかれ激情に駆られるという性向を具《そな》えており、そこに由来する不幸は数知れなかった。そして激情の背後には過度の欲望があった。

セバスチアーノの場合、彼を破滅に導いたのは恋だった。相手はエステラという美しい奔放な娘。好きになって、求愛し、さまざまな駆け引きがあって、最後には彼女も承知し、二人は婚礼を挙げた。しかしながらエステラは多情な女だった。セバスチアーノの妻となってからも行いは改まらず、他の男と会うのを好んだ。過度の欲望の持ち主であった。

従って、二人の間には争いが絶えなかった。夫は不実の証拠を見つけては妻を糺《ただ》した。エステラはさまざまに言い訳し、ごまかした。聖母に掛けて誠実を誓い、また裏切った。妻を独占したいというセバスチアーノの思いは遂げられることがなかった。

やがて恐れていた事態が起こった。不幸な偶然が重なって、数多い愛人の一人と妻が共寝しているところへ夫が踏み込んだのである。卑《いや》しい愛人は半裸で逃げ出し、妻と夫はののしりあって互いの憎悪《ぞうお》を煽《あお》った。次第に激しい言葉が行き来し、つかみ合いになり、花瓶で頭を殴られて血まみれになった夫は、興奮の極において、妻を絞め殺した。

そういうことがさほど珍しくなかった時代であるということをここでもう一度述べておこう。

申し遅れたが、エステラは町の有力者の娘だった。父はこの美しい娘を溺愛《できあい》していて、セバスチアーノとの結婚には必ずしも賛成ではなかった。娘のわがままの一つとして結婚をしぶしぶ認めた風であった。だから娘とその夫の不和については徹底して娘を擁護し、義理の息子をなじった。

正気に戻ったセバスチアーノは真っ先に逃げた。町の警察や州都の裁判所はさほど恐《こわ》くない。彼自身の一族にも一定の影響力はあったし、不実な妻を殺した若者の裁判に圧力をかけて微罪にするくらいのことはできた。セバスチアーノが恐れたのは妻の父のアントニオ・ソウザの方であった。最愛の娘を殺された以上、あの父親は義理の息子を、無能で不能の娘婿《むすめむこ》と呼んでいた相手を、殺すだろう。

セバスチアーノは逃げた。岳父は乱暴な男たちを何十人でも動員できる力を持っている。その一人一人に縁戚《えんせき》や、交友、取引などのネットワークがあって、この地域全体に広がっている。その網の目の一つにでも触れたら警報はアントニオに届く。指令は行き渡っているだろう。既に懸賞金の額も決められたかもしれない。

当然ながらこの網の目は、人が多いところにおいて密になっている。州都に行くのは危ない、と考えて彼は奥地に向かった。彼自身が踏み込んだこともなく、また彼を知る者もいないはずの小さな村、その先は山の中に先住民しかいないという文明圏の境界線上の村まで行って、そこに身を潜めた。

しかし世の中には不幸な偶然というものがある。彼はこの村で子供の頃の知人に出会ってしまった。友人というほどの仲ではないし、しかも縁においては死んだ妻の一族に近い。

「こんなところにいたのか」と相手は言った。

彼は無言だった。

「おまえのことは聞いているぞ」

無言。

「これからどうするのだ?」

やはり答えない。

「見た以上、ソウザの親方に言わないわけにはいかないよ。あんたに同情しないわけじゃないが、俺まで同罪にはされたくない」

彼はうなずいた。

「一週間待とう」

「ありがとう」と彼は言った。

「しかし、どこへ行く?」

「わからない」

相手もしばらく黙っていた。やがて口を開く。

「町の方には帰れないだろう」

「ああ」

「山に入るか」

「さあ」

「デセルトーレスのことを知っているか？」

「知らない。聞いたこともない」

「逃げる人々。ここの奥の山の中に住んでいる」

「先住民か」

「そうだ。そういう人々がいるという。半分は噂《うわさ》だ。まともに会った者はいない。見かけても逃げてしまう。情けない奴《やつ》らだ。ある猟師が山に入って、奴らがアルマジロを獲《と》った場面に出くわした。猟師はそれを横取りしようとしたわけではない。それなのに奴らは獲物をその場に置いたまま、すっと消えてしまった。猟師はアルマジロを持って帰った」

「得したな」

「おかしな連中だ。昔からいろいろな話が伝わっている。ともかくどんなことでも争うのが嫌らしい。いつも逃げる」

「それで生きていけるのか？」

「だから貧しい。畑は作らない。畑を作っても、収穫期に誰かが行って作物を横取りしようとすればできる。なにしろ逃げるばかりだし、畑は持って逃げられないのだから。山で採れるものだけでどうにか生きている。みじめな格好をしているが、気だてはよいらしい」

「だから?」

「そちらに行ってみてはどうかな。ここは行き止まり、どん詰まりの村だ。戻るわけにはいかない。俺に会った以上、ここに隠れているわけにもいかない。つまりさ、おまえはもっと奥に入るしかないのだよ。山のデセルトーレスが助けてくれるとも思えないが、カニバルのいる山に行くよりはましだろう」

カニバルすなわち食人種などこの世にいるものかと思う一方で、セバスチアーノは山に行くことを真剣に考えた。どう思案しても他に方法はないようだった。その人たちに助けてもらおうと思ったわけではないが、彼らが恐いとも思わなかった。目の前の男は怪しい先住民のことなど話して、自分を厄介ばらいしようとしている。それはわかっていたが、山に行くしか今の自分にはできることがない。

猶予《ゆうよ》は一週間ある。彼はまず近隣の町に行って、有り金を食糧に換え、簡単なキャンプ道具を調えた。そして、村を回避して川に沿って上り、山に入った。

しかし彼はもともと町に住む者であって、山での暮らしのことなど何も知らなかった。ナイフで決闘する術《すべ》は知っていても、山刀で藪《やぶ》を開き下草を刈って一夜の寝床を作ることは知らない。食糧を持って山に行けばなんとかなると考えたのは早計で、水のありかもわからなければ火の起こしかたもわからなかった。パンはかさばるし、雨で濡《ぬ》れると食えなくなった。缶詰は重いから先に食べるようにして、三日で食べ尽くした。野草などはどれが食えるのかわからない。汚い水を飲んだためか下痢が始まった。

逃げる人々はどこにもいなかった。影も形もない。山は静かで、荒涼として、恐ろしかった。その数日の間に目にしたのは鳥と大きなアリばかりで、その山には野獣もいないようだった。鳥を捕って食おうと思ったが、弾はおよそ当たらなかった。

空腹と脱力に耐えかねて、彼は山を下りることにした。こんなところで誰にも知られずに死体になるくらいならば、ソウザの前に引き立てられて男らしく殺された方がましだ。しかしこれでは生きて山を下りられるかどうかもわからない。

半端《はんぱ》な大きさのナイフと路傍の木でなんとか杖《つえ》を作り、それに頼ってふもとに向かった。身体《からだ》の中には何の力もなく、途中で何度も坐《すわ》り込んだ。空っぽの頭の中にこのままではいけないという言葉が響き、なんとか立ち上がれと自分に言って、立ち上がり、また歩いた。山になど来るのではなかったと後悔した。

三時間ほどそうして進んだところでセバスチアーノは谷に落ちた。そこまでは道らしきところを歩いていたのだが、どこかで外れたらしい。右手の崖《がけ》が迫ってきて道はいよいよおぼつかなくなった。下草の茂みと思って踏み込んだところが実は宙を踏むことになって、そのままずるずると滑りはじめ、草をつかむ間もなく落ちていって、最後は下の川原まで垂直に落下した。落ちる不安と恐怖の次に衝撃が来た。彼は気を失った。

暗い部屋の窓を少しずつ開いて光を入れるように、彼の中に意識が戻ってきた。水平なところに寝ている自分にまず気付く。身体はまっすぐになっている。頭の下に何か柔らかいものがある。自分が落ちたことを思い出した。

周囲でかさこそと音がする。何人か人間がいる気配がする。そっと目を開けたが、空しか見えなかった。落ちたのは午後も早い頃だったが、空は夕方の色のように思われた。何時間くらい気を失っていたのだろう。

人の動きは静かで密《ひそ》やかで、彼を恐れさせなかった。首を曲げてそちらを見ようとすると、全身に激痛が走った。どこが痛いというのではなく、身体全体が痛みの塊になったようで、彼は長いうめき声をあげた。

一瞬の沈黙の後、かすかな声が聞こえ、周囲の人々は彼が目を覚ましたことに気づいた風であった。すぐに人が動く気配がして、いくつもの手が彼の身体のあちこちをそっと押さえた。動いてはいけないということなのか。だがその手は彼の動きを押さえるという以上に彼の身体の中に湧《わ》いた痛みを元の無知覚の領域へそっと押し返すような働きをして、彼は痛みがすっと遠のくのを感じ、力を抜いてこのままじっとしていればいいのだよという彼らのメッセージをその手の動きの中に聞いた。

顔が見えた。彼のようすを見ようとこちらをのぞき込んでいるいくつかの顔。みな茶色で、丸く、鼻が低く、目が黒い。どの顔も手の動きと呼応して静かにうなずいている。これもまたじっとしていなさい、楽にしていなさいというメッセージであるらしい。

耳元で声がした。手とおなじ感触の柔らかな、男とも女とも知れない静かな声が、何か唱えている。彼に向かって言うのではなく、彼の耳を通じてもっと奥の方にいる誰かに何かを送るような声が聞こえる。それを聞いているうちに全部この人たちに任せればいいのだという思いが寄せてきて、セバスチアーノはまたゆっくりと意識を失った。

これが逃げる人々との出会いだった。

彼らはセバスチアーノを即製の担架に乗せて自分たちのキャンプ地まで運び、食べ物を与え、一か所の骨折と無数の打撲からなる負傷の手当をした。坐れるようになるまでに七日、なんとか歩けるようになるまでに三十日かかった。

不思議な人たちだった。いつも静かで、大きな声を出すことがない。影のようにすっと動き、気がつくとそばにいる。こちらの思いを察して適切なことをしてくれる。と言っても実際には、僅《わず》かな食べ物や水を口元に持ってきてくれるとか、うずく部分をさすってくれるとか、じっと彼の顔をのぞきこんでにっと笑うとか、その程度のことだ。傷には薬草の葉が貼《は》ってあった。

言葉は通じなかった。最初のうちはまったく通じなかった。だが、言葉が必要になることもあまりなかった。彼はただ寝たままで世話になっていればよかった。なぜ世話をしてくれるのか、なぜ崖から落ちた彼を救ったのか、そう問うことも無意味に思われるような手厚い看護だった。なぜと問うても相手は問いの意味を理解できない。

逃げる人々は山の中をうろつく彼の動きを逐一知っていたのだろう。だから彼が川原に落下したのを見て、すぐに助けに来た。彼を救わないという選択肢は最初からなかった。やがて彼の方もなぜ逃げる人々が彼の世話をしてくれるのかを考えなくなった。

食べるものは貧しかった。何か芋の類《たぐい》を煮たもの。何か酸《す》っぱい果物、煎《い》ってもまだ固い青臭い豆、柔らかい若葉、匂《にお》いのきつい芽、時おりは何とも知れない肉のシチュー。一度は大きなアルマジロを盛大な火で焼いて食べた。みんな嬉《うれ》しそうだったし、それを獲ってきた若い猟師は得意そうだった。

彼らと暮らしはじめて間もなく、セバスチアーノはこの人々がまったく争わないことに気づいた。一つのものを二人が欲している場合、あるところで一方がすっと手を引く。周囲の他の種族との間でも同じようにふるまうから、彼らは「逃げる人々」と呼ばれるようになった。対決の場で彼らが身を引く、つまり逃げるというのは嘘《うそ》ではなかった。

一緒に暮らしていると、さまざまなものを見る。子供たちは時として争った。誰か大人が木を削って粗末な人形を作ってやる。一人の子が人形を持って遊んでいるところへもう少し幼い子がやってきてそれを横取りしようとする。その子は格別にわがままなのか、人形を寄越せと大きな声で泣き叫び、相手の髪をつかんでひっぱった。するると近くにいる大人が一人、すっと寄っていって、その子の耳元で何かささやきはじめた。一言や二言ではなく、しばらくの間、まるで器に水を注ぐように子供の耳に言葉を注いでいる。それが始まったとたんに騒いでいた子供は静かになり、その言葉をじっと身をすくめるようにして聞いている。その姿もまた渇く者が水を飲む風だとセバスチアーノは見ていて思った。やがて大人はささやきを終えて去り、子供はおとなしくなって、友だちの手の中にある人形のことを忘れたわけではないのに、別の遊びを求めて去った。

彼はそのような光景を何度となく見た。大人はしばしば一人で、地面に坐り、なかば目を閉じて、その言葉を唱えることがあった。心が激した時にそうするということがしばらくするうちにわかった。数人が輪になって、互いの手をつないで、それを唱えることも珍しくなかった。

セバスチアーノは崖から落ちて彼らに救われた時のことを思い出した。全身に苦痛が満ちて、見知らぬ者たちに囲まれて、心の中が不安でいっぱいだった時に、誰かが耳元で何かを唱えてくれた。それを聞くうちに波立つ心が穏やかに静かになって、そのままた気を失ったのだった。あれも同じものだったのだろうか。

そんな風に日常いつも使われるものだから、この唱えには名がついていて、ンクンレというのがその名だった。妻のある男が他に恋人を作る。それが発覚して妻が憤《いきどお》り、争いになる。デセルトーレスの間で暮らした一年間のうちに、セバスチアーノは何度かそういう場面に立ち会った。しかし、双方が大きな声で思うところを主張しはじめてしばらくすると、その場に居合わせた誰かが「ンクンレ」と言う。人々は手をつなぎあって輪を作り、ンクンレを唱える。その後でゆっくりと、おちついた顔で当事者たちは事態の収拾を話し合う。

他と争っても何かを所有したいという欲望がンクンレで消えるわけではない。それでも当面の激昂《げきこう》が収まると、人は自分が欲しがっているものの価値を改めて考えるらしい。やがてその価値は相対化され、それにしがみつく思いは薄れる。

毎朝かならずンクンレを唱えるところから一日をはじめる人も少なくなかった。半ば老いた人たちの間に多いようで、若いうちはまだンクンレによって欲望を抑えたくないという思いもあるのかもしれない、とセバスチアーノは考えた。しかし争いになりそうな場面でンクンレが提案された時にそれを拒む者はいなかった。

何回となく聞かされるうちに彼は自分もンクンレを覚えたくなり、教えてもらった。何度も練習を重ねて滑らかに言えるようになった。デセルトーレスの言葉には彼にはどうしても発音できない子音がいくつかあったけれども、ンクンレの効果は少しばかり訛《なま》りが混じっても変わらないようだった（これが後にレシタションとして世界中に広まった理由でもあったのだが)。きちんと唱えると一回が三分ほどかかるが、最初の数秒だけでも波立った人の心は鎮《しず》まる。

採集と狩猟で手に入るだけのものを食べ、ほとんど裸体に近い姿で、永続的な家を建てることもなく、いくつかのキャンプ地を行き来する彼らは、先住民としても貧しい。ンクンレの教えるところに従って、奪わず争わずという方針で生きるとすれば、彼らの生活はこれ以上豊かになるはずがない、ということをセバスチアーノは理解した。しかし、多くを望まないために、欲望と執着を手放すのが容易なために、彼らが大きな不幸を知らないということもわかった。

彼らの間に混じって暮らした時期、町で食べていたたくさんの肉や野菜や穀物を用いた味の濃い料理を懐《なつ》かしく思うこともあったけれど、その思いが強い欲望に変わる前に彼はンクンレを唱えた。欲望は苦しみの元だし、ンクンレはそれからの解放であった。

夜、皆から離れたところで寝ていると、女たちの誰かがやってくることがあった。闇《やみ》の中で彼は女を抱きよせ、匂いの強い肌を撫《な》で、力を込めて抱きしめ、脚を開かせ、乗りかかった。月のある夜ならば誰であるかわかったが、月のない夜にはわからないこともあった。互いにそのように相手を見つけるのがここのやりかたなのだ。交わりながら、女の体内に性器を差し込んだまま、腰の動きを止めて、唇と唇を合わせるようにしてンクンレを二人で唱える。そうすると快楽は性急な鋭角的なものからもっと穏和な、持続的なものに変わる。双方にとって事後の満足は、一気に射精まで走ってしまう場合よりもずっと大きいように思われた。

ある時、彼はデセルトーレスの中でも最も賢い友人にンクンレのことをいろいろ訊《たず》ねてみた。まず、唱える言葉に意味はあるのか。日常生活で使われている彼らの言語として解こうとしても語彙《ごい》の一つだに意味をなさないが、ポルトガル語に対するラテン語のように、何か別の言語としてならば意味をなすのか。これに対して相手は、わからないというばかりだった。荒らぶる人の心を鎮めることがンクンレの意味だと思う。それは機能であって意味ではないだろうと彼は反論した。しかし相手はそのような議論には乗ってくることなく、ただ言葉の機能はそのまま言葉の意味だとだけ言った。

いつからンクンレはあるのか。

世界が造られたときから。ンクンレは世界と共にあり、自分たちは最も古い祖先からずっとこれに依《よ》って生きてきた。しかしそうすると他の種族とは交わることができない。交われば、争いをすべて避ける彼らはひたすら資産を取られることになる。だから常に逃げて暮らすことになり、ものを持たない生活になり、貧しいまま今に至った。けれどもンクンレによる心の平安はどんな資産にも勝るから、自分たちはこの世界で最も幸福な民である。

なぜ他の種族にンクンレを教えようとはしなかったのか。

それは考えもしなかった。だいたいこれを教えられるほど長い期間に亘《わた》って他の種族の者と接触したことが、私が親や祖父や曾祖父《そうそふ》たちの話を聞いたかぎり、今までになかった。おまえが初めてだ。おまえはとてもいい奴《やつ》だから、おまえが心の平安を得たのはよいことだった。

ンクンレは秘密なのか。崖から落ちて怪我《けが》をした時に、あなたたちはぼくを助けてくれた。そのままぼくはあなたたちの中に混じって暮らしてきた。そうするうちにンクンレも覚えた。今では日に何回か唱えているし、もうどうやっても忘れることはできない。この頭に刻まれてしまった。では、もしもンクンレを知っているぼくがあなたたちの間を出て、山を降りて、昔の仲間たちや親類縁者の中に戻ろうとしたら、ぼくは阻止されるのか。山の下の世界にンクンレが伝わるのはいけないことなのか。

それは違う。ンクンレが広まるのはよいことだ。われわれはンクンレを独占しない。これに依って生きる人々が増えるのはつまりわれわれの仲間が増えることであって、それは好ましい。そうなればわれわれはもう逃げる必要もないわけで、外から勝手に押し付けられた逃げる人々、デセルトーレス、という名も返上することができる（外の人々にそう呼ばれていることをわれわれが知らないわけではない）。われわれは堂々とンクンレスを名乗ることができて、それをわれわれは喜ぶだろう。なぜならばこれこそがわれわれの生きかたを決めているものであり、その名によって呼ばれたいとわれわれはずっと昔から望んでいたのだから。

ンクンレは中毒になるか。それなしでは生きられないような依存の状態になるか。なる。一度これを知った者は日々なにかにつけて唱えるようになる。そうすまいと思っても言葉は口をついて出るし、止めることはできない。しかし、われわれはンクンレには何の害もないと信じている。知ってしまったンクンレを忘れることはできないが、そもそも忘れる必要などないのだ。人は呼吸をすることで生きているが、だからといって人は空気の中毒だとは言わない。空気は害にならないからだ。ンクンレも同じ。

だが、あなたがたはンクンレを知っているために他の種族と競争することができず、結果としてひどく貧しい境遇に甘んじて生きているではないか。競争力が殺《そ》がれるのはンクンレの害ではないのか。

その問いに対しては、われわれは充分に幸福であるとだけ言っておこう。これは自分はまだ経験が浅いから聞くのだが、ンクンレは自ら唱えるのではなく、他の誰かが唱えるのを耳で聞くだけでも効果を発揮するのか。

そうだと思う。われわれは、誰かが自分に向かって唱えるのを聞けばすぐに呼応して唱えをはじめるからそうでない場合というのはわからないが、たぶん最初のところを少し聞いただけでも心は怒りを忘れ、平安が得られると思う。泣く赤ん坊はそうやって鎮められるし、崖下《がけした》に怪我をして倒れていたおまえは、ンクンレのことも私らの言葉も何も知らないのに、そうやって鎮められた。

その時のことはうっすらと覚えている。逃げて疲れて怪我までした状態で、ただ耳から聞いただけでも、あれに慰められた。心を領していた不安がすーっと遠くなるのが感じられた。代わりに涼しい心地よいものが流れ込んできた。では、ンクンレは無知なる者に効いたように、動物にも効くか。ジャガーに襲われて、いよいよその爪《つめ》と牙《きば》にかかろうという時に唱えれば、ジャガーはおとなしくなって去ってゆくか。

それは無理だ。ジャガーは言葉を解さない。先ほどおまえがンクンレは言葉かと聞いた時、私はその問いの意味を正しく理解しなかったようだが、今ならば疑う余地なく答えることができる。ンクンレは言葉であり、だから人間にしか効果を発揮しない。

おまえは山から降りて行く先々で出会う者に対してンクンレの効果を試すことができる。それによって人間とそれ以外を区別することができる。ただし、相手がジャガーであった場合はおまえは即座に引き裂かれるから、これは相当に危険な実験ということができるけれども。

この友人の言葉はやがてセバスチアーノが山を降りて自分本来の世間に戻った時に成就《じょうじゅ》することになった。

一年ほどたった頃、彼は山を降りようと考えた。ここにいるのは悪くはないが、しかし幼いころから知っている町の暮らしが懐かしいという思いも強い。そこで彼は、またしばらくしたら戻るからと友人たちに言って、ふもとの村に向かい、そこから町に向かった。人々はこの薄汚れた若い男を奇異の目で見た。やがて誰かが彼の面立ちに気づき、セバスチアーノという名を思い出した。

そして三日目、彼は捕らえられてアントニオ・ソウザの前に連れてゆかれた。かつての岳父はまだ怒り狂っていた。縄を掛けられた義理の息子を言葉のかぎりなじった。罪状を並べ立て、罵声《ばせい》をあびせ、己の中の怒りを煽《あお》った。

やがてセバスチアーノは裏庭に引き出され、煉瓦《れんが》の塀の前に立たされた。

「よく帰ってきたな」とソウザはそこで言った。「山の中で飢えて死んだかと思っていた。よく帰ってきた。俺がちゃんと殺してやると言っているのに、山などで死んでしまうのはもったいないことだ。これでおまえは人間らしく殺されることができるし、おまえを連れてきたあの男は褒美《ほうび》が貰《もら》える。俺は哀れな娘のことを思いながらおまえを殺すことができる。万事がうまくゆくじゃないか。人間なのだから山で飢えて死ぬなどせず、町に戻ってまっすぐに立って銃殺されるがいい。目隠しはどうしようか。おまえが目を開いたまま、自分に向けられた銃口をしっかり見るのなら、自分に向かって飛んでくる銃弾を見るというのなら、俺は最後の最後におまえに対していささかの敬意を抱いてやろう。へなへなと坐《すわ》り込むことなく最後まで立っていられるのなら、さすが俺の娘の夫と思ってやろう。どうする？　目隠しはいるかいらないか？　脅《おび》えて返事もできないというのならば、そんな臆病《おくびよう》者には銃殺の弾さえ惜しいから、山刀で叩《たた》き切るぞ」

その場にはソウザの配下の男ども数人が銃を手にして立っていた。一人で喋《しやべ》るうちにソウザはいよいよ興奮して、その顔は真っ赤になった。

「さあ、どうするのだ？　目隠しはいるのか、いらないのか？」

そう言って、アントニオ・ソウザは手にした拳銃《けんじゆう》を空に向けて撃った。周囲の男たちがびくっとした。

セバスチアーノが文明世界で初めてのンクンレを唱えはじめたのはその時だった。最初の数秒の間、アントニオ・ソウザはぽかんとしていた。しばらくは顔の赤味がいよいよ増すかのように思われた。それから、彼はまるで母親の幽霊に会ったかのように青ざめ、ふらふらとして煉瓦の塀によりかかった。先ほどまでは娘婿《むすめむこ》をその前に立たせようとしていたその塀にである。

セバスチアーノは相手の目をじっと見ながらンクンレを続けた。銃を手にした男たちもぼんやりとした顔で呆然《ぼうぜん》として聞いていた。中の一人が手にした銃をそっと足元に置いた。他の者もそれに倣《なら》った。ソウザの手から拳銃が地面に落ちた。

やがてンクンレは終わった。ソウザは魂を取られたようだった。それは彼の配下にしても同じことだった。

ずいぶんたってから、ソウザはふと我に返った。

「行け。どこへでも行くがいい」

それだけをかすれた声で言った。そしてすぐに「待て」と言った。

「待ってくれ。さきほどのあれ、あれをもう一度、聞かせてくれ」

そうして彼らはもう一度ンクンレを聞いた。恍惚《こうこつ》として聞いた。

朝起きてすぐレシタションを唱える習慣は大洋を越えて広まり、多くの電子メディアが常時自動的に心鎮めの音声を流した。各言語ごとの発音の違いなどは効果にほとんど影響しないことがわかった。セバスチアーノの事件が起こってから世界中の軍隊と警察が解散するまでには五年かかった。早かったとも言えるし、遅かったと言う者もいる。大事なのは人間は過度の欲望を抑える術《すべ》を身につけたということである。

その間にンクンレあるいはレシタションの効果について多くの論文が書かれた。音韻学、認知科学と倫理学の専門家が何度となく共同研究を行い、やがて心理学と政治学がこれに加わった。しかし、なぜ数百のシラブルからなるこの音の連鎖がかくも効果的に人の欲望を鎮めるか、結局のところはわからなかった。

競争という原理を失ってしまえば文明の進歩はなくなると警告を発する者もいたが、それも彼自身がレシタションに接するまでで、一度でも聞いてしまえばそのような俗論はすぐに撤回された。宗教者ははじめのうちこそ新しい競争相手かと警戒したけれども、すぐに受け入れるようになった。すべての祈りの冒頭にレシタションが加えられた。ぜんたいとしてレシタションはあらゆる信仰の持ち主をより敬虔《けいけん》にした。信仰なき者も宇宙と存在の原理に対して畏怖《いふ》の念を持ち、己を正しく律するようになった。

こうしてホモ・サピエンスは、激情に駆られた若い夫の妻殺しという事件をきっかけに、倫理の面で一段階の進級を遂げたのである。

ヘルシンキ

寒さが空気の中にぎしぎしとひしめき合っている。鋭い棘《とげ》を八方に突き出したウニのような微粒子が空中をぶんぶん飛び回っている。風に乗って毎秒百個の粒子が頬に刺さる。棘の先端が表皮の裏で溶ける。百個、百個、百個。

それでも顔以外の部分は衣類で分厚く覆《おお》われているから微粒子は身体《からだ》の内部まで侵入できない。ホテルなど建物の中や車の中は暖気に満ちている。着込んで外を歩いているときは体内から熱が湧《わ》いてきて微粒子を退治する。だから都会にいれば寒さは恐《こわ》くない。

先週、北の方に行ったとき、林の中の道を車で走っていて恐いと思ったことがあった。静かな白い死がすぐ近くにあることにふっと気づいた。雪と樹木だけの風景。いくら走っても対向車に会わない道。カーブでスピードを出しすぎて迂闊《うかつ》なブレーキでスリップして路傍の木に車をぶつけてエンジンが止まれば、それでちょっとした怪我《けが》をして歩けなくなれば、後は冷える一方だ。零下三十度がゆっくりと浸透してきて私を包み込む。初めはそっと優しくやがておそろしい力を込めて抱きしめる。

だが、本当を言うと寒気はそんなに人を滅入《めい》らせない。寒気はむしろ張り合う相手、自分を鼓舞する契機だ。うっすらとした危険は適度の緊張を引き出す。

滅入るのは暗さ。

朝は十時近くまで暗い。午後は三時頃にもう暗くなる。その後はずっと長い長い夜。闇《やみ》とは大きな黒い重い雲のようなもので、三時になるとそれが空からしずしずと下りてくる。世界の天井がひどく低くなる。空気が足りないときに肺が悲鳴を上げるように光が足りなくて心が悲鳴を上げはじめる。飢えや渇きよりももっと切迫した窒息感のようなものが迫ってくる。

不公平なことに太陽は世界のこの一角まで回ってこない。他のところにいる誰かがずっと先まで予約してしまったのだ。だから十時になってためらいがちに出てきても太陽は空の高いところまで昇れずに地平線のすぐ上をぐずぐずと横に動くばかりでやがてそのまま力尽きて沈んでしまう。田舎ならばまだ林立する針葉樹の細い梢《こずえ》の向こうに太陽のおぼろな影が見えることがある。薄い霧を透して明るい光の曖昧《あいまい》な輪郭が見える。だがこの首都では低すぎる太陽はたいてい建物の陰にあって、姿を見ることはほとんどない。

あ、ああ、リンゴジュースね、と男の声がした。ホテルの食堂、ビュフェの朝食の雑踏の中からその言葉が日本語で立った。それに呼応する子供の声を直前に聞いたのだが、そちらは日本語ではなかったようだ。リンゴジュースね、という言葉は子供の求めへの答えで、そう返事した男が私の斜め前の席から立った。視野の一角に栗色《くりいろ》の長い髪の少女が見えた。男の席の横。七歳くらいだろうか。色が白くて、目鼻立ちもヨーロッパ風、それも東寄りの北方だ。少女の向こう隣は背広を着てネクタイを締めたアフリカ系の紳士で、たぶんこの二人とは無縁だ。空になった男の席のこちらも大柄な白人の夫婦。

しばらくの後、男がジュースのコップを持って戻ってきた。少女が男の顔を見上げて何か言って、卓に置かれたコップを手で取った。男は少女の顔を見て、そうだねと日本語で言った。その一瞬の会話には親しさがあって、だから二人は親子に見えた。母親はまだ部屋で寝ているのだろうかと思ったのは、私が数日前にこのホテルのこの食堂で同じ状況にあったからだ。私は娘と二人で朝食の席に来たが妻は朝食はいらないと言って部屋で寝ていた。

男と少女に次に会ったのはホテルのレセプションだった。一日単位のインターネット接続の延長を頼みに行くと、朝食の席で見かけた男がカウンター越しに担当者と英語で話していた。広いロビーの向こうの方であの女の子が遊んでいた。市松模様の床を境目を踏まないように片足で跳んでいる。ときどきは両脚になる。遠くから見ているうちに、ケンパッ、ケンパッ、ケンケンパッ、というリズミックな子供の声が耳によみがえった。私自身の子供の声。だが娘がそんなことをして遊んだのはもうずいぶん前だ。地面に釘《くぎ》で線を引いて箱が二列に並んだ図形を描き、線を踏まないよう片足で跳ぶ。一個か二個おきに両足で着地。いちばん奥の箱に宝物が置いてあって、それを片足のまま手を伸ばして拾って戻る。友だちと交互に繰り返す。律動感を身体で感じるだけの単純な遊び。東京の小さな児童遊園でそれを見たのは何年も前のこと。

人の少ないロビーで少女は一人でその遊びに没頭していた。その姿には外の者が立ち入る隙《すき》がなかった。彼女を包んで世界は閉じていた。彼女は完璧《かんぺき》だった。

男は市内でスキーができるところはないかと聞いていた。レセプションの担当者はちょっとそれはむずかしいと言っているようだった。午後は移動の予定なので午前中だけ遊ばせたい。何か雪の遊びと言っているのでそういう施設が近くにあればと思ったのだがと男は言ったけれども、そういうところはない。スキーは山でするもの、ここは海に面した平地の都市であって山は遠い。そう説明されていた。北欧的な論理的な答え。やっぱり無理かな、と男は日本語でつぶやいた。

普通ならば無視する。普通ならば見知らぬ者に余計なことは言わない。こちらは相手から見えない位置にいる。背後に立った私が日本語を理解することを彼は知らない。彼が落胆したまま娘の方へ歩み出せば私と彼は無縁に終わる。それでいい。私は彼の時間の中に登場しない。

橇《そり》はどうですか、と私は斜め後ろから彼に声を掛けた。そうした方がいいとその場で思った。彼は娘の雪遊びの場を求めている。その場がすぐ近くにあることを私は知っている。暗い重い雲の下で、子供たちは無心に遊ぶ。三日前の歓声が耳に返ってきた。

相手は私の日本語に反応した。表情が緩むのがわかった。私はいきなり他人に話しかけた者として自分の純粋な善意を伝えるために早口で喋《しゃべ》らなければならなかった。ここのすぐ近くに公園があってそこで子供たちは橇滑りをして遊ぶ。橇といってもごく簡単なものなのだがみんな楽しく遊んでいる。あなたのお嬢さんをそこへ連れていってはどうか。午前中を過ごすにはちょうどいいと私は思うのだが。恐縮しながら彼は応じた。そこを教えてもらえるととてもありがたいと言った。じゃ一緒に行きましょう、ちょうど橇もあるからと私は言い、三十分後に防寒の姿でロビーに集合することを決めた。彼はこの報《しら》せを伝えるために娘の方へ歩き始めた。

私は橇を持っていった。オタマジャクシの形のぺらっとしたプラスチックの板で、オタマジャクシの尻尾《しっぽ》の先が輪になっている。胴体の部分に尻《しり》を乗せ、輪のところを両手でつかんで滑る。投げ出した足が舵《かじ》取りとブレーキ。うちの子が置いていったので、と言いながら私は彼の横に警戒的な顔で立っている少女にそれを手渡した。かがみこんで目の高さを合わせ、もっぱら仕草と少しの日本語で使い方を説明した。そうやって見ると容貌《ようぼう》には父親に似たところがあった。声に出して返事はしなかったが日本語はわかったようだった。ひととおり聞いたところで不審げな顔で父親の方を見上げた。このおじさん信用できる?

三人でホテルを出て街路を歩いた。公園はホテルの横から車のほとんど通らない裏道づたいに五分ほどの川のほとりにあった。市街の地面と下の河原の間が雪の斜面になっている。ちょうど滑り台くらいの傾斜に浅い溝状のコースが数本できていた。高低差にして十メートルくらいはある。下から少し遠回りして木の間を縫うように緩い傾斜を登るとコースの上端に出る。派手な色のふくらんだダウンの上着を着た子供たちが四、五人滑っていて、それを親たちが下から見ている。まだ自分では滑れない幼い子を乗せた橇を曳《ひ》いてただ河原を歩いている父親もいた。

下で少女を平らな雪の上に置いたプラスチックの橇の上に坐《すわ》らせ、輪のところをつかむよう教えた。他の子たちもたいてい同じものに乗っていたし、それを見て要領はわかったようだった。登りの道を指さして教えてやると他の子の後を追って登りはじめた。私たちは下に立って見ていた。うまくできるだろうか。橇は初めてなのか。

子供はコースの上に着いた。上から見下ろせばずいぶん高いことがわかる。思ったよりずっと高かったと私の娘は言っていた。少女は前にいる子のすることをじっと見ている。いきなり斜面に出てしまってはいけない。そうすると体勢が整う前に滑り出してしまう。しかし子供はちゃんと平らなところでしっかりと腰を下ろし、輪をつかみ、少し足で漕《こ》いでコースに出た。滑りはじめるとどんどん加速して、斜面の下端では相当速く、平らなところに出てからも勢いでずいぶん滑り続けて、私たちのすぐそばまで来ておもむろに止まった。立ち上がった顔が輝いている。嬉《うれ》しさがあふれている。こんなにおもしろいことなの？　またすぐにスタート地点に向かってとことこ走り出す。

三ラウンドほど見ていてから私たちは公園の中をぶらぶら歩きはじめた。あの分ならば橇の滑走は限りなく繰り返されるだろう。子供たちは活発に動きまわって体内からの熱ですっかり上気した顔をしているけれども、見ている大人は次第に冷えてくる。歩くしかない。

橇は安いものだしこの先使うあてもないので少女に与えるつもりだった。そう告げてこのまま行ってしまってもよかったが、もうしばらく私はこの親子につきあう気持ちになっていた。橇遊びを見ていたかった。

母親はロシア人なんです、と男がぽつりと言った。僕とは別れたんですが。いちばん大事なことをいちばん先に言う。着氷で奇妙な造形になったジャングルジムの脇《わき》を歩きながら、コースの上端でこちらに向かって手を振っている子供に男は手を振り返した。一回滑ってそこに立つたびに子供は公園中を目で探して親に手を振った。日本で出会って一緒になって、あの子が生まれてしばらくは万事うまくいっていたけれど、そのうちにいろいろなことがきしみはじめて。年に二回、一週間ずつ僕がこっちに来て娘と一緒に遊ぶんですよ。ヨーロッパのどこかで。今回は今日が最後の日です。午後のバスでサンクトペテルブルグに連れて帰って母親に渡すことになっている。また半年は会えない。だからこの午前をここで遊ばせられて本当によかった。あのプラスチックの橇はいいですね、簡単なのによくできてますね。

何日か前にたまたまここを見つけましてね、と私は言った。私も娘がいて、本当ならもうそんな歳《とし》ではないのに、ここで他の子が滑っているのを見てどうしてもやりたいと言い出して、あの橇をスポーツ用品店まで買いに行った。いえ、子供と妻は昨日帰国しました。橇を忘れていった。どうぞお嬢さんに持たせてあげてください。サンクトペテルブルグにも雪の丘はあるでしょう。私は仕事であと数日ここに滞在する予定なんです。今日は休みだけど明日から会議で。この国ではみんな派手な服を着ていますね。冬は雪ばかりでどこを見ても真っ白だからどうしても原色の赤や黄色や緑が欲しくなる。そうしないと人も雪の中にまぎれてしまう。

最初のときはあの子の母親も来たんです、と男は言った。でも三人一緒だとなんだかうまくいかなくて。あの子ははしゃいでいたけれど親子三人の仲が元に戻ったわけではない。お互い復縁するつもりなんかないわけだし。気まずいこともあって。ホテルを二部屋取って。子供が一晩ごとにかわりばんこに親を選んで寝ていたのはあれで気を使っていたんでしょうね。その半年後のときはもう母親は来ませんでした。恋人ができたらしくて、それはそれでいいことだと思って僕とあの子だけでロンドンに行きました。今はもう子供を受け渡すときに会うだけ。話もあまりない。

今日の午後のバスでサンクトペテルブルグに行きます。三百キロほどだから四時間か五時間ですね。僕たちは今回はずっとバスを使っていたんです。飛行機だとどこへ行くのでもあっという間だから。首都から首都をバスで移動して。今は冬でしょ、遊園地がないから行く先々でサーカスか映画を探しました。映画はどこで見ても同じだからつまらないがサーカスはいいですよ。彼ら夏の間は転々と巡業するけれど冬は本拠地の常設の小屋なんです。だからその国ごとにちょっとずつ違うサーカスが見られた。

私は別の話題を探した。サンクトペテルブルグまでは行ったことがないけれど、ロシアへの道を国境の手前で左に折れて北に向かうと湖沼《こしょう》地帯に出るんですよ。夏だとほんとにきれいでね。仕事の関係でこれまで三回ほどフィンランドに来ましたが、この夏はすばらしい。真夏でも新緑という感じの浅い緑と淡い青ばかりの風景で。湖の色と空の色が一緒なんだな。サヴォーンリンナの古いお城ではオペラや演劇のお祭りがあります。ヨーロッパ中からたくさん人が集まる短い夏だけのにぎわい。

川に沿った広い公園の一面の雪は白かったが空は暗くて重かった。男の話が暗い方に向かいそうなのを私は止めたかった。子供がまたコースの頂上で手を振っていた。私が振り返した。妻はロシア人だけど日本語ができたんですよ。日本語の仕事で東京に住んでいました。東京で知り合った。親しくなって結婚しようということになって。

そこで息を切って、あなたの奥さんは日本人ですか？ と男は聞いた。ええ、と私は答えた。

国際結婚は大変ですよ。

どんな結婚も大変です。

だけど国際結婚は特別に大変です。最初の頃は習慣や考えのずれを合わせるのがおもしろかったんですよ。毎日それを遂行するだけの愛とエネルギーがあった。行き違いがあるたびに説明して互いに笑って、わかれば相手に合わせた。でもそのうちに疲れてくるんです。自分だけが余計な荷物を負って立っているような気がしてくる。まだ愛はあると思っているのにそれが目減りしていく。

どんな結婚でも疲れます、と私は言った。すべての結婚は国際結婚だと言った人がいる。Mixed marriage ですよ。出会う二人は同じ国で同じ言葉の出身だって文化的背景は違うんだから。まして性格はね。

妻はもちろんずっと日本で暮らすつもりで僕と一緒になったんです。でも何年かたってどうしてもロシアに帰りたいと言い出した。日本に飽きたとかあなたへの愛が薄れたとかいうのじゃなくて、やっぱり自分にはロシア以外に住めるところはないということがわかってしまった。東京は息が詰まる、と言う。それまでも年に一度は帰していたんですが、その里帰りのときにロシアから日本に戻るのがとても辛《つら》いと言い出した。成田に着くと暗い顔をしている。家に戻っても何をする気力もない。何か月か我慢してまた一か月だけという約束でサンクトペテルブルグに行く。親の家に部屋があったし、孫をつれて帰るわけだから歓迎される。僕の方にもそれを止める気力がなくなってしまって。なんだか疲れてしまって。こちらも一人の方が楽だと思ったり。

そのときになって振り返ってみると結婚の当初は楽しいことばかりでしたが、少し後では危惧《きぐ》みたいな思いも僕の中に出てきていたんです。妻の方にもあったかもしれない。本当にこのままずっと続くのか。そう思った頃にあの子が生まれて育児が始まりました。知らない国で妻はがんばって、あの子に専念して、いちばん大変な時期を越えた。僕も精一杯手を貸しました。子供は日本語で育てるということも決めて、それでうまくいっていると思っていた。でも二人だけでいるときに母親として心を込めて赤ん坊に話しかける言葉はロシア語なんです。そうでないと気持ちが伝わらないと言う。日本の子を預かっているみたいで親という気がしない。僕はそういうものかと思ったし、子供が両方の言葉を話せるようになればいいとも思いました。

だけどそれがきっかけで妻の心がどんどんロシアに戻りはじめた。まず言葉に帰郷してしまったんだ、と後になって気づきました。あの子が五歳のとき二度ほど間を空けずに両国の間を往復した後でどうしてもサンクトペテルブルグに帰りたいと訴えた。

僕は仕事があるからロシアには住めない。ロシア語も知らない。一緒に暮らしている間にほんの少し単語を覚えましたがそれ以上の努力はしなかった。

　妻の日本語は読み書きも含めて普段の生活でまったく困らないレベルでしたし、あの子も普通に日本語を話しました。保育園に行っていて、家の中で僕がいるときは親子三人とも日本語で話した。僕の父と母、つまりあの子の祖父母も近くにいた。テレビもあるし、保育園で仲間の子に混じっているときは少なくとも言葉では他の子と変わらない。

　でも夢は何語で見るんでしょうね。寝言でスパシーバ、ありがとうとロシア語で言ったのを聞いたことがありました。僕にはショックでした。寝ているときはあちら側に行っているのかと思った。そう、あちら側だったんですよ、ぼくにとっては。

　寒いので私たちはほとんど早足で歩いていた。男は息を切らしながら小声で考え考え喋った。少女はまだ飽きずに橇滑りを繰り返している。親と子はときどき手を振り合う。公園で遊ぶ子供の数が増えていた。

　別れるしかないのかと毎晩話しました。夫への愛より国への愛の方が強いのか。そんな風に言うんだったらあなたがロシアへ来たらどうなの。だって日本への愛よりわたしへの愛の方が強かったらできるじゃない。でも僕はロシア語を話さない。わたしは努力して日本語を覚えたのよ。わかってる。僕は努力をしなかった。これからもするつもりはない。わたしの気持ちは国への愛なんてそんな四角いものじゃないわ、と妻は言いました。サンクトペテルブルグの空気が要るの。わたしの身体《からだ》はそれしか吸えないの。プーチンは最悪。マフィアは最悪。暮らしは最低で、冬は長い。アパートは狭くて食料さえ不足する。それでもロシアなのよ、やっぱり。どういう話を何か月も続けた後で、最後に僕は妻と別れることを承知しました。どうやっても維持できない結婚生活ならば解消するしかない。僕は若いときからもの離れがいいんです。だけどそれはこの先ずっとあの子が育っていくのを間近で見るという喜びを放棄することでした。一人で暮らすのは寂しかったし、帰宅したときに妻や娘の声がしない家の中はほんとうに墓場のようだと思いました。それも慣れるものですね。最初のころに激痛だったものが、やがて鈍痛になる。痛みが心の深い方へ移動する。別れた妻に恋人ができたらしいとさっき言いましたけれど、僕の方にも親しい女性がいます。そんな風にして日々は過ぎていきます。僕は別れた妻との取り決めのとおり年に二度はヨーロッパに来て娘に会う。ロシアでは会わないんです。引き取ったらいつも西側に連れてくる。ロンドンだったりパリだったり。今回みたいに転々と移動を続けたり。あの子にロシアでないものを教えてやりたいと思って。いいえ、日本には連れていきません。それはしない約束です。まだ今のところは。

　私たちは公園のいちばん端を川に沿って歩いていた。川は凍っていた。白い氷の表面にいろいろな模様が見える。ずっと向こうを人影が滑らかに滑っていった。スケートだ。この町ならば、家と職場の位置によってはスケートで通勤できるだろうと私は考えた。でも、普通の勤務だったら出勤のときはまだ真っ暗だ。強力な懐中電灯を持っていないといけない。ヘッドライトを点《つ》けたスケーター。あの氷は見た目よりでこぼこしているのかもしれない。きっとリンクとはぜんぜん違うのだ。がんがん膝《ひざ》にショックが来て、屈伸の筋力が要る。ラリー用の車のサスペンションみたいに。

　でも、この次も今回のように娘と遊べるかどうかわからない、と男は言った。離れていくんですよ、あの子が。言葉がどんどん遠くなる。まだ日本語を話しはするけれど、それはあの子が五歳までに身に付けた日本語です。その後の二年分の生活はみんなロシア語で頭に入っている。今なにが好きか、先週ダンスの教室でなにがあったか、おばあちゃんがどんな病気にかかっているか、友だちがどんな冗談を言ったか、そういうことを言うのにあの子には日本語の用意がない。一生懸命に訳そうとするけれど言葉が足りない。やがていらいらして黙ってしまう。だから僕にはあの子の今が理解できないんです。スパシーバとパジャールスタとダスヴィダーニャとダーとニエットだけでは無理ですよ。母親はあの子が日本語を忘れないようにすると言っていましたが、実際には日常ではほとんど喋《しゃべ》ってはいないでしょう。毎日の学校のできごとをロシア語と日本語の両方で話せとはたぶん言っていない。基礎はあるんだから将来あの子が日本語を本格的に身に付けると決めたらそこで集中的に勉強すればいいと母親は思っている。かつて自分がやったように。父親との会話のための日本語のことは考えていない。実際それは教えられるものではない。一緒に暮らしていなければ駄目なんです。

だから半年ごとに会うたびにお互いその間に失ったものを知ることになる。二人の間の距離はひろがる一方で近づくことは決してない。先週の金曜日だったか夕食の席でその日見たサーカスのことを話していて、途中で言葉に詰まりました。ライオンが火の輪をくぐったときに腹の毛が焦《こ》げる匂《にお》いがしたね、というくらいのことが伝わらないんです。だからこの次その次そして二年後五年後が見えない。僕と娘がそのときにお互いどんな顔で食事をしているかわからない。

昔、模型飛行機を作るのが好きでした。ゴムでプロペラを回すやつですよ。一機完成するたびに晴れた日に広い公園へ行って飛ばしました。うまく上昇気流に乗るとどんどん高く上る。そしてそのまま飛びつづけて、遠く遠くなって、最後には青空に溶け込んで見えなくなってしまう。視界没っていうんですがね。僕の飛行機、みんなどこに行ったのかな。

雪が降ってきた。空気の中に人が気づかないうちに少しずつ別のものが混ざるよう。軽い小さな雪片が視野の中に現れてひらひらと舞いながら落ちていく。私たちは芯《しん》から冷え切っていた。ホテルにもどったら風呂《ふろ》に入ろうと私は考えた。風呂から出ないままワインを飲もう。それから寝床に移って今日は一日中ずっとうつらうつらして過ごそう。夜になっても部屋から出ず仕事の連絡は電話とメールだけにして夕食はルーム・サービスで済ませて。そう思ったときになって初めて私は自分がどのくらい疲れているか知った。この数日間の疲れだ。それが雪のように音もなく降って私の心の底に積もっている。私は冷え切っている。

私と妻も日本語とロシア語で話していたようなものだった。親子三人でフィンランドに来て、初めの一週間は休暇ということで北の方のスキー・リゾートに行き、私の会議が始まる三日前にヘルシンキに戻った。その間ずっと夜になると私と妻は小さな抑えた声で口論を続けていた。それぞれ言いたいことは言うが相手の言うことは聞いていない。どこまで行っても嚙《か》み合わない話。娘は眠っていたのかそのふりをしていたのか。ヘルシンキに来てこの公園で橇《そり》で遊ぶ子供たちを見ているうちに自分もやると言い出して（年甲斐《としがい》もなく、と十三歳の子が笑って言った）そのまま橇を買いに行ったのは親たちの鬱屈《うっくつ》から逃れたいという意思の表明ではなかったか。そのためには七歳の子の遊びも辞さない。立ちこめる雲に穴を開けて青空が見たくて。地表に日の光を入れたくて。

私たちは橇の斜面のところに戻った。

さあ、もう行くよ、と男は少女に日本語で言った。時間だよ。充分に遊んだと思ったのか少女は青いプラスチックの薄っぺらな橇を小脇《こわき》に抱えて、いかにも自分のものという風に持って、父親のところに戻ってきた。

それはきみにあげるよと私は言った。

スパシーバと少女は嬉《うれ》しそうに答えた。

私たちはホテルに向かった。

北の方はどこまで行っても林だった。

森と呼ぶほど濃くはない針葉樹のまばらな連なりをスキー場のリフトの上から見た。低い丘が延々と地平線まで続きその全部が雪の白の上に木々の影を刷毛《はけ》でさらっと掃いた図柄だった。スキーに飽きたときに林道を百キロほど当てもなく走ってみたが他の車に出会わなかった。妻はおびえていた。ここで車を放棄して道を逸《そ》れて林の中に踏み込んだらもう誰にも会わないと考えた。誰もいないという言葉に私はひかれた。

誰もいない林の中にいる自分。私だけがいる。木々の梢《こずえ》のずっと向こうに淡い太陽がおぼろに見える。もう間もなく沈む太陽だ。その後は濃い闇《やみ》か星月夜か。ここでは月も高くは昇らない。

私は木だ。林の中の一本の木。一本の木には何枚の葉があるかと私に問うたのは誰だっただろう。木である私はずっと昔の記憶しか持たず、ただそこに立って夏の美しい光と冬の弱い光を浴び、雨と雪と風を享《う》け、一日単位の深呼吸をしている。木々は並び立っていつまでも生きしかも言葉を必要としない、と私は考えた。

人生の広場

「人生に曲がり角のような時があるときみは考えるか？」とトマスが聞いた。

「危機ということかい？」

「いや、少し違う。危機は向こうからやってくる。そうではなくて、自分が歩いていくうちに、一度立ち止まって次の方位を決めなければならない場所にさしかかるんだ」

「曲り角、むしろ分かれ道かな」

ぼくたちはミュンヘンの空港に接したホテルで夕食を摂《と》っていた。ぼくの方が乗り換えのためにミュンヘンで一泊することになり、それならば久しぶりに会って話そうかというので、汽車で三時間の町に住むトマスがここまで出てきたのだ。

ホテルはスイス系の資本ということで、レストランのメニューにもスイス料理がいくつかあった。ぼくは長いフライトの後であまり食欲もなく、生ビールを傍らにロスティという軽いジャガイモ料理を食べていた。ハッシュブラウンの上に生ハムと缶詰の桃が乗っている。奇妙な組合せだがビールに合ってなかなかおいしい。

「大学を出て、就職しないと決めた時がそうだったかな」とぼくは言った。「立ち止まりはせずにさっさと駆け抜けたんだが。次の方位を決める時だったという意味では曲がり角だったね」

「なるほど」

「まあ、その後だって結婚を決めた時とか離婚を決意した時とか、そういうのも曲がり角だろう」

「私の場合は一度立ち止まった」と言ってトマスはゆっくりビールを飲んだ。「つまり広場なんだ。きみは町を歩いている。ある街路をずっと辿《たど》ってゆくと広場に出る。真ん中が小さな公園になっていて銅像があったり噴水があったりする広場だ。キャフェの椅子《いす》も並んでいる。ベンチもある。広場だからそこからは放射状にいくつもの街路が出ている。きみはそこに来て、しばらくぶらぶらしたり、詩人か将軍かの銅像を見上げたり、ひょっとしたらキャフェで何か飲んだり、そんなことをして過ごす。その間ずっと次はどの道を行くか考えている」

「うん、わかるよ」と言ってぼくもビールを飲んだ。料理はほとんど終わっていた。コーヒーを頼む気にはならない。今夜はまだビールだ。

「どういう界隈《かいわい》へつながる道かを考えて選ぶんだな。大事なのは、先を決めないままその広場でしばらく過ごすというところだ」

「小さな休暇みたいなもの?」

「そう。だから若い時じゃない。本当ならもう方針は決まって、順調にそこを進んでいるはずの年頃で、それでもふっと立ち止まることがある」そう言ってトマスはビールを口に運ぶ。

「私は人生の道の半ばで暗い森に踏み込んで……かい?」とぼくは訊《たず》ねた。「Nel mezzo del cammin di nostra vita……」

「いや、ダンテじゃないんだ。森には踏み込まない」と言ってトマスはちょっと笑った。「森ではなくて広場なんだよ。年齢はたしかに人生の道の半ばかもしれなかったが」

「三十五歳だったよね、ダンテの場合は」

「私は三十八だった。先日その時のことを思い出した」

トマスは煙草《たばこ》に火をつけた。トマスのこの性癖のためにぼくたちはレストランの隅の方の隙間《すきま》風の抜ける粗末なテーブルに着かされていた。これはまさに迫害だね、とトマスが嘆く気持ちもわかる。しかし十五歳の時から煙草を吸ってきたというトマスがこれくらいのことで悪習を捨てるはずはない。ぼくは自分が喫煙者だった遠い日々のことを思い出した。

「三十八歳の時にはぼくはもう煙草をやめていたな」

「パリだったんだ」とトマスはぼくの言ったことを無視して言った。「私の人生の広場。ああいう幸運が用意されているおかげで生きることはずいぶん楽になる」

「たしかに、そういう幸運もあるね、人生には」

「その前は失意の日々だったから、私は暗い森に踏み込んでいたとも言えるわけだが」

ぼくの方はすっかり聞く姿勢になっているのに、トマスはなかなか本題に入らない。煙草とビールと昔話、いい時間じゃないか。

「一九七〇年代の後半に私は仲間と一緒に西ベルリンで新聞を創刊した」とトマスは話し始めた。「週刊で、報道よりは論評に重きを置いた高級紙だ。中道左派というポジションで、評判もよかった。最初の半年は財政的に大変だったが、やがて安定した」

「すべての事業は最初はふらつくものだよ。自転車と同じでスピードが出ると安定する」とぼくは言った。過去に浸っているトマスの気分にどう合わせればいいかよくわからなかった。しかし、彼はそんなことは気にしていないようだ。

「ところが八〇年代になって、私は仲間と意見が合わなくなった」とトマスは続ける。

「大きく違うわけではない。小さなことでずれが生じて、それが少しずつたまる。これがなんとも耐え難い。最後に私は仲間と深刻な意見の対立を見た。もう一緒にはやっていけないと思って辞めた。二対一だから私が残るのはむずかしかったし、いざという時に身を引いてしまうのは私の性癖なんだ」

　ぼくはもう口を挟まないことにした。

「そして、することがなくなった。この新聞は自分にとっては一生の仕事だと思っていたから、それがなくなると自分を前へ押し出す理由が何もない。毎朝、目が覚めると空っぽの一日が待っている。何かで埋めなければならないのが苦痛だった。特に金曜日が辛《つら》い」

　そこでトマスは左手に煙草を持ったまま右手をビールに伸ばした。

「私たちの新聞は金曜日発行だったんだ。無関係になってからも、金曜日になると新聞を買って、開いて、いろいろ違和感を覚えながら読んだ。隅から隅まで丹念に読む。

自分だったらこういう論調にはしなかった、このコラムニストは使わなかった、ここは取材が甘い、編集方針がふらついている、そういうことを考えながら、それでも読むんだよ。傷口をそっと押してみてまだ痛いと確かめるみたいにね」

その痛さはわかる。

「そんなことがしばらく続いた。これがさっききみが言った人生の危機だよ。抜け出したいと思ったけれど、打ち込める仕事がなかった。私は雑文を書いたり校正をしたりしながら、その日その日を過ごした。他に食べる手段もなかった」

「なるほど」

「その時ちょっとした幸運が舞い込んだ。伯母の遺産が入ったのだ」

トマスは短くなった煙草を消した。

「伯母はもう八十歳をいくつも超えていたし、心臓病で速やかに逝《い》ったから見送る家族の側はそんなに辛くはなかった。生涯独身で自分の子がなかったこともあって、私は幼い時からかわいがってもらった。本を買ってくれる人だった。クリスマスにはケストナーが一冊ずつ送られてきた」

「独身の伯母さんは何か仕事をしていたの？」

「植物学の研究者だった。定年までチュービンゲンの大学にいて、あとは田舎に引っ込み、年金で地味に暮らしながら小さな温室で花を育てていた。私が科学の方に進めば喜んだだろうし、そうしようかと思ったこともあったけれど、結局私はジャーナリストになってしまった。私たちは最後まで仲よく行き来していた。その伯母が私に少し遺産を残してくれたんだ」

「遺産ね」

「大した額ではなかった。一万マルク、今で言えば五千ユーロくらいの価値かな。でもこれは伯母の遺産だからね。それにふさわしい使いかたをしなければいけないと思った。本当ならばこんな臨時収入は二十代の若い者にふさわしいんだ。そう思ったから私は、もしも自分が若かったらこのつつましい遺産で何をするか考えた。そしてしばらくパリで暮らすことにした」

「パリ?」

「そう。いつかパリで暮らしたいという気持ちはずっとあったんだが、経済的に無理だった。若い時にやっておくべきことなのにできなかったことを四十近くになって伯母の遺産で実現する。一万マルクでどれだけ滞在できるかわからないけれど、金が続くかぎりいようと決めた。伯母と同じく私も独り者だったたし、仕事はないのだからその気になればすぐにも動けた」

「きみたちドイツ人にとってもパリは憧《あこが》れの地なの？」

「人によるね。たいていはドイツにいるだけで満足している。外に出たがるとしてもパリではないかもしれない。ニューヨークに行きたいという者もいるし、あの頃でもゴアやカトマンドゥーを目指す者はいた。でも私の場合はパリだった。憧れというほど熱烈なものではなかったが一度やってみたかった。そういう体験ってあるだろう」

ぼくはうなずきながら手を挙げてウェイトレスを呼び、ビールの代わりを注文した。トマスもグラスに四分の一ほど残っていたのを飲み干してもう一杯頼む。

「どういうパリ？」

「異邦人のパリだよ。ブルジョワたちの冷ややかなパリには入っていけないし、そうするつもりもない。庶民のパリとも隔てがある。だがピカソのパリ、モディリアニのパリならばむずかしくない。しかも私は一旗揚げるつもりもなかった。留学生のように勉強するわけでさえない。何か月かあそこの空気を吸って街路を歩ければそれでよかったのさ。バルザックのパリではなくブルトンのパリ」

「それならば『幻滅』することもないね、『ナジャ』を片手ならば」

「『ナジャ』はいいけれど私が恋を期待していたわけではない。街路との親しみの姿勢においてブルトンのようだといいなと思っただけだ」

「ナジャは狂ったし」とぼくは小声で言ったがトマスには聞こえなかったようだ。

「私はトランク一つで夜行列車に乗って、翌日、東駅に到着した」とトマスは続けた。

「それが一月の七日、私の誕生日だった」

「誕生日だからその日にした？」とぼくは訊ねた。今夜は彼は話したいのだから、ぼくの方は聞く姿勢に徹しよう。時には尋問のように細部を問い返そう。

「そうかな。そうだな。たしかに誕生日ということを意識していたね。誕生日の分だけ多く幸運を調達できるような気がした。誰も知人のいない都会で何か月か暮らすのには伯母の遺産の他にも幸運が必要だからね」

「前に行ったことは？　知り合いは？」

「短い滞在は何回かあった。知人の知人だったら何人かいた。しかし特に紹介状を書いてもらうようなことはしなかった。駅前の小さなホテルに一夜の宿を確保して荷物を預け、町を歩き回った。夜は安いビストロで一人で祝杯を上げた。いや、伯母の幽霊と二人という感じだったかな。翌日、本格的に部屋を探しに行った。実はこれが相当な難問で、そのことは来る前から聞いていた。誰もが言うことだがパリは小さい。環状道路の内側では住宅は不足している」

「しかし外には住みたくない」

「そうなんだ。せっかくのパリだからね。なんとか住むところを見つけなければならない。外国人のためのフランス語学校とか、図書館、本屋などを回って掲示板を見た。部屋の案内ってたいていそういうところに出るからね。しかし何軒回っても私向きの部屋はなかった。どんなにたくさんの階段を上った階のどんなに小さな部屋でもいいんだが、それが一つもない」

「屋根裏の女中部屋か」

「あの当時パリにはドイツ語の本を扱っている書店が五、六軒あった。そのうちの一つ、6区のカリグラムという店に行って、店員にこのあたりに部屋はないかと聞いた時にね、相手が言ったんだ——『あなた、すごく運がいいわ。わたしの友だちが昨日ハンブルグに帰って、その部屋が空いたの。見てみる?』」

「それで解決?」

「まあね。ラスパイユ大通りからリュクサンブール公園の方にちょっと入ったところで、八階の、本当に元女中部屋。幅が二メートル半、奥行き四メートル。小さな小さな電気ヒーターがついていた。トイレとシャワーは七階にあって共用。だけど窓からはパリの屋根の連なりが見える。通りの名はユイスマンスと言った」

「『さかしま』の作者かい?」

「そうだ」

「フランス人はおもしろいね。あんなに癖の強い作家の名を街路に付けて称《たた》えるんだから」

「五千以上の通りがあるんだから、名前の方が不足しかねない。だからボードレールもランボーもヴェルレーヌもあるのを私は知っている。さっき名が出たダンテの名を冠したのはサン・ジェルマンの大通りからシテ島の方へ斜めに入る道だよ。でも、ド・サド街というのは無かったと思う」

「さすがにね」

「それはともかく、ユイスマンス街は私にとってとてもよいところだった。翌日から私はフラヌールになった」

「何?」

「flâneur ぶらぶら歩きまわる人。パリは歩ける都会だ。毎日のように歩きながら、何がこんなに楽しいのだろうと考えたけれど、結局よくわからない。コンパクトで、様式が整っていて、界隈ごとにバラエティーがある。徒歩とメトロで楽に動き回れる。そこに垂直に歴史が積み重なっている。しかも私は異邦人だ。享受《きょうじゅ》するだけで、ここに対しては何の責任もない立場だ」

「所得税も払わないし選挙権もない」

「そのとおり。私は寒い通りをよく歩いた。街路の名を読んで、そこに何があるか見ながら歩く。雰囲気を知る。市街図は持っていたけれどガイドブックは持たなかった。あの時期はパリぜんたいが人生の広場だったようなものだ。たまたま小さな博物館を見つけて入るということをよくした。もちろんそれとは別に毎月の第一日曜日にはルーブルやオルセーに行った。入館料が無料だから混雑するけれど、それも好ましかった」

「本当に若い学生みたいだ」

「節約だけが理由ではなかったと思うよ。冬だったからだ。いちばん寒い時期のパリは観光客が少なくて、メトロの駅もがらんとしている。すると時にはたくさん群れた人を見たくなって、混雑している日に博物館に行く」そう言ってトマスは煙草に火を点《つ》けた。

「その一方」と彼は続ける、「暗い日には部屋に籠《こ》もって本を読むだけということもあった。冬のパリは雲が低い。上から押し被《かぶ》さってくるようでものすごく陰鬱《いんうつ》だ。雲が特に重いと感じられる日には外へ出なかった。一週間くらい毎日プルーストを読んでいた。春のコンブレに憧れた。つまり、私は春を待っていたのかもしれない」

「寂しくはなかった？」

「寂しさを正しく感じるということもあるんだよ」とトマスは言った。「パリにはひどく寂しい一面がある。暮らしていて、深淵《しんえん》のような寂しさを目撃することがある。パリで財産にしがみついて一人で暮らしている老人の精神がきみに想像できるか？それは荒涼たるものだよ」

「ぼくはほとんどパリを知らない」

「こういうことがあった。朝から小雨が降っていたので私は傘を持って出た。これはパリの人たちがあまりしないことだ。傘が必要になるほどの雨は珍しい。

その日はトロカデロのシネマテークで映画を見た。ジャン・ルノアールの『草の上の昼食』。軽くて、愉快で、官能的。パリで見るのにふさわしい映画だ。監督は父の画家ルノアールの絵をスクリーンでなぞっていた。川の中の水草が水流になびくあたりがとっても美しい。若い女の肌も美しい。

シネマテークを出たら本降りの雨になっていた。私はまだジャン・ルノアールの気分のまま傘を差して歩いた。パッシーの先に友人の家があって借りた本を返すために寄ることになっていた。公園を横切って、細い道を辿《たど》った。雨が激しくなった。

前の方を老女が一人歩いていた。建物の壁に片手をついて片足をひきずるようにして行く。帽子を被ってコートを着てはいるが、すごい雨だからずぶ濡《ぬ》れになっている。私は追い越しかけて、つい彼女の上に傘を差し掛けた。冬のさなか、老女が雨に濡れて風邪をひき、肺炎になって一人で死ぬという図式が頭に浮かんだのだったか、あるいは伯母の幽霊が私を促したのかもしれない。

老女はしばらくの間、私が斜め後ろから傘で彼女を覆《おお》ったことにも気づかなかった。足を引いてゆっくり歩いている。片手に買い物袋を下げ、そこからはみ出したバゲットが濡れている。しばらくして私が真横に立ったのにようやく気づいた。

私は感謝の言葉を期待していたわけではない。あれは純粋に無私の行為だった。伯母の幽霊の差し金だった。しかしその時に老女が私を見て浮かべた表情の硬さに、私はとまどった。半歩だけ歩調を乱されたほどだ」

「どんな？」

「『あんた、何が欲しいの？』と言わんばかりの顔で私をにらんだのだ。いや、本当にそうつぶやいたかもしれない。しかし私としてはそこで傘を引っ込めるわけにはいかなかった。この老女がどこかの屋根の下に入るまでは高々と傘を掲げて進まなければならない。王妃を守る騎士の立場に私は自分を置いてしまった。しかし彼女は私など傍らにいないかのごとく道を歩む。これはなかなか滑稽《こっけい》なことだと思う余裕が私にはあった。

無限とも思われる長い道を私は老女と共にゆっくり歩いた。最初に私の顔を疑わしげに見た後ではもうこちらには見向きもしない。全身で私の好意を拒む意思を表明しながら彼女は歩いた。そして最後に、一軒の家の門扉《もんぴ》の前に立ち、ことさらに私に背を向けて、背中一杯に警戒心を湛《たた》えたまま門扉を押した。中に入る時に私が一緒に押し込んできたらと心配しているのがわかったから、私は無用の心配を取り除いてやろうと傘を持った腕を伸ばし、一歩下がった。

雨はすごい勢いで降っている。彼女は重い門扉を身体《からだ》が入る分だけ押し開いて中に入り、向き直って門扉を閉めかけ、最後に顔だけ出して、無表情なままかすかな声で『メルシ』と言った」

「どういう人だろう?」

「金はあるけれど身寄りはない。親戚《しんせき》がいても遺産目当てに寄ってくるとしか思えないから寄せ付けない。大きな古いアパルトマンで一人で暮らしている。買物が一日に一度の大仕事で、あとはずっとラジオを聴いている。泥棒や詐欺《さぎ》に対する警戒心が先に立つから街路に出ると精いっぱい身構える。雨と肺炎より見知らぬ外国人の親切な傘の方が恐《こわ》い。

その一方、パリには陽気な老人も多いんだ。私が会った一人は元はコレージュの教師で、留学生にフランス語を教えていたけれど、若い外国人たちとお喋《しゃべ》りするのが楽しくてしかたがないという風だった。会話には機知があふれている。小さな商店の主《あるじ》、小さなキャフェの経営者、職人、アパルトマンの管理人、それにつつましい年金生活者、こういう人たちは寂しそうには見えなかった」

「ベルリンは違うの?」

「ベルリンにもそういう面はある。大都会というのはみなそうかもしれない。しかしパリほど対比がくっきりしているところはないと思うね。パリを見れば世界ぜんたいを見たような気がする。東京はどうだ?」

「東京は若いんだ。一九七〇年代の頃か、社会の重心を若い方に移して、すっかり子供っぽい町になった。何をやっても半分遊びで、軽くて、頼りない。確実なものが何もない。高層ビルでも三十年で壊すつもりで建てている」

「アメリカのよう?」

「もっと軽い。もっとプラスチック。しかし、きみのパリはどうなった?」とぼくは聞いた。今はそちらの方に関心があった。

「私はパリに半年いたよ、伯母と二人で。遺産は節約して使ったし、翻訳や通訳で少し稼いだ。ずいぶんたくさんの街路を歩いて、芝居や映画をたくさん見た。パリの歴史についての本を図書館で読んだ。精密な日記をつけた。エロティカ専門というような小さな本屋を何軒か知った。教会や宮殿、古い建物をたくさん見た」

「ぼくには甥《おい》の人生を考えてくれる伯母がいないからな」

「なんだ、きみも遺産が欲しいのか？」

「遺産ではなく、パリの休暇」

「それくらい自分でまかなえるだろう」

「お金よりも時間。そういう遺産はないだろうか」

「やっぱり自分で調達するんだね、それは。きみのことは心配してあげない」と言ってトマスはにやっと笑った。「やがて突然に春が来た。ある朝、窓を開けると、空の色が違った。あの鉛色の雲が消滅して、青いまぶしい天蓋《てんがい》がパリを覆っている。そのくらいドラマティックだった。派手で、にぎやかで、街は鎧戸《よろいど》を開け放った屋根裏部屋のように明るい。誰もが外に出てくる。花が咲き、木が若葉をつける。それを透かして日の光が地面に緑色の影を揺する」

「冬があるから春が際立《きわだ》つ」

「そのとおり。そして、その日から公園の噴水に水が通じて、水しぶきに小さな虹《にじ》がかかる。それがまるで公式な春の宣言のように思われる」

「なるほど」

「ある晴れた日の昼頃、私がパレ・ロワイヤルの庭園を歩いていたら、芝生に二十人ほど人が集まって何かを囲んでいた。私は好奇心にかられて近づいてみた。みな学生らしい。彼らの輪の真ん中に何かの装置があった。石造りの台座の上に金属でできたソーセージのようなものが空に向いて固定してある。その後ろにある枠に一人が白い手袋をはめた手で大きなレンズをはめ込もうとしていた。脇《わき》に立った別の学生は腕時計をにらんでいる」

「何だったの？」

「まあ、黙って聞いて。私がソーセージの前の側に回ろうとしたら、激しい勢いで止められた。危ないと言うんだ。言われて見ると、彼らの輪は馬蹄形《ばていけい》にその装置を囲んでいて、前には誰もいない。見物人の一人に『何しているの？』と聞くと『自動午砲の再現実験』という」

「何、それは？」

「こういうことなんだ。一七八六年に某ルソーなる男が小さな大砲をここに据え付けた。近くにあった日時計の代わりだったらしい。おもちゃのような大砲とレンズが組み合わせてあって、正午になると太陽の光が大砲の導火線に集まるようになっていた。そこは日時計と同じ」

「わかった」とぼくは言った。「時報なんだ」

「そう。太陽が真南に来ると導火線に点火して空砲がドン！　と鳴る。この装置をこの日だけ復元しようという実験」

「うまくいったの？」

「レンズを塡《は》め込むのが間に合わなかった。昼を二十秒ほど過ぎてしまった。白手袋の学生は自分でレンズを持って導火線に光を集め、それで大砲はドン！　と鳴った。お見物の仲間はその直後には拍手したけれど、あとは口々に手際の悪さを揶揄《やゆ》した。お祝いのシャンパンが用意してあったから、私も相伴に与《あずか》った。これがパリの春だよ」

「なるほどね」

　トマスは遠いパレ・ロワイヤルの芝生を見る目つきになっている。ぼくは黙って待った。

「私が惹《ひ》かれたのはやはりパリに暮らす人の姿だったと思う。ブラッスリーの隅で、三十年は連れ添ったと見える夫婦が一言も言葉を交わさずに夕食を終え、それでも互いにすっかり満足しあっている。それを見ながら一人で夕食を摂《と》っているのが私だった。あるいは、六十代の年寄りと二十代の若い娘が明らかに愛人同士として仲よく喋りつづけて、その間も相手の身体のどこかにずっと触れたまま食事をするのを見ながら。人とはそういうものでもあるかと思った」

「いい街だな」

「どうだろう。いつも寂しさはついて回るし、人はみな一人で生きると誰もが知っている。あそこでは人は深い孤独に落ち込みかねない。だから恋をするし、だから食事に時間をかける。そういうことを私は学んだ。そう日記に書いたのを覚えている」

ぼくたちはビールを終えて、それぞれコニャックとシュナップスに切り替えていた。トマスはずっと煙草《たばこ》を吸っている。

「きみ自身は恋は？」

「なかった、きれいさっぱりなかった。私はパリでは観察者に徹していた。透明人間のように風景に溶け込んで他者から見られないよう心がけた。部屋を見つけてくれた本屋の売り子と何度か食事をしたがそれ以上にはならなかった。相手もそんなそぶりは見せなかった。ボーイフレンドとの仲について愚痴を聞かされたくらいだ。そういう仲の友だちばかり。伯母の幽霊がついていたおかげか、あれは奇妙な禁欲の時期だったね」

ない。

「ナジャはいなかったのか」

「そうして、遂に遺産がなくなる日が来た」とトマスは言った。「私は無理に滞在を延ばさないでドイツに帰るつもりだった。広場から道を選んで踏み出さなければならない。

明日は発《た》つという日に私はセンチメンタルな気分を自分に許し、思い出のある界隈《かいわい》をすべて回ろうとひたすら歩き回った。その最後の行程はモンマルトルからマレへという長い道だった」

「ああ」

「きみは笑うかもしれないが、私はパリを離れるのが本当に悲しかったんだ」

「笑わない。ぼくは笑っていない」

「私は、悲しみを通じて私のパリを最後の一滴まで味わいたいという気持ちだった。多くの思いを込めて私は歩いた。

延々と歩いてヴォージュ広場の近くまで行った時、何か影が上から下へすっと視野をかすめた。二十メートルほど先の建物から何かが落ちたようだった。誰かが叫び声を上げた。通行人が走り寄るのが見え、私もそちらに急いだ。通りに面した小店から人が出てくる。

落ちたのは七歳くらいの男の子だった。地面に横になって、身をまるめて、じっと動かない。私が上を見ると二階のバルコニーにもう少し大きな少年の姿が見えた。満足げな顔で下を見ている。

人々は落ちた子を囲んで立っていた。青いスモックを着た一人の商店主がしゃがんで子供にそっと触れた。子供は動かなかった。

上の少年がこの子を突き落としたのだろうか。私はパリ最後の日にとんでもない悲劇を目撃してしまったのか。子供の犯罪。旧約風の兄弟殺し。アベルを殺したカイン。マレがユダヤ人の多い地域だからそういう連想が働いたのか、それともこの連想そのものが私の偏見だろうか。そうやって自分の考えを検閲する自分がいた。自動的な検閲に意味はないのだが。

問題は、そこに立って見ている間、私自身に子供の死に驚く気持ち、悼《いた》む気持ちがまったく湧《わ》かないことだった。私の心はそのすぐ前まで自分がパリを離れる悲しみによって飽和されていたために、目前のこの悲劇に感応することができなかった。人々はおののいているのに、感情が湧いてこない。私はまるでこの場所からガラス板一枚で隔てられているかのように無感覚だった。

集まった人々はみな子供が死んでしまったと思っていた。私もそう信じて、じっと見ていた。誰もがどうすればよいのかわからず、一人の子供の突然の死をすぐに心に受け入れることができずに、立ちつくしていた。

するト、驚くべきことが起こった。じっと横になっていた子供が目を開いたのだ。先ほどの男がそっと子供を起こした。身体のあちこちに触れてみる。子供は痛がる様子も見せず、自分で立っている。そして、自分を取り巻いている人々の顔を見てにっこり笑った。何ごともなかったように、アパルトマンの入口の方へ走り始めた。人々は顔を見合わせて笑った。

先ほど悲劇を見たと思った時は私はそれを悲劇として受け入れることができなかった。私は絶縁されていた。しかし、二階から落ちた子供が怪我《けが》一つしていなかったという奇跡の方は私を大きく動かした。死が子供を奪う。しかし奇跡はその子供を生の側へ取り戻す。私のパリが最後の日を奇跡で飾ってくれたと思って、心の中に沸き立つものを感じた。嬉《うれ》しくてしかたがなかった」

ぼくは黙ってため息をついた。パリとはそういうことが起こる都会なのか。トマスはその後ずっとパリに憑《つ》かれて生きてきたのだろう。パリは伯母の幽霊のようについてまわった。ヘミングウェイがパリは移動祝祭日だ、一度暮らすと一生ついてまわる、と言ったのはそういう意味か。

「翌日、私はパリを後にした」

そう言ってトマスは新しい煙草に火を点《つ》け、コニャックのグラスを口元に運んだ。

「わかった。パリがきみにとって人生の広場だったというのはわかった。それできみは広場からどの道を選んで歩き出したんだ？」

「そうだな。以前とあまり変わらなかったかもしれない。だが、大袈裟《おおげさ》な言いかたをしてみれば、パリで人間というものの奥行きを知ったかとも思う。それ以前、新聞をやっていた頃までは私は思想を見て、言葉を見て、人間を見なかった。パリの半年は私の人生にとってカウントされない時間で、その間に私はひたすら他人を観察した。その分だけ人間を知るようになった。広場は充分に役に立ったよ、私にとって」

20マイル四方で唯一《ゆいいつ》のコーヒー豆

サンドスピットの町で昼食をした後、みなで宿に戻って荷物をまとめた。

小さなトラックの後ろに荷を積んで、ダーリーと鷹津《たかつ》さんと彼の三人で並んで運転席に乗り、峠を越えて移動する。いつものようにダーリーの運転。

峠から十五分ほど降りていくと小さな港に着いた。急斜面の下は小さな入り江になっていて、簡単な桟橋と倉庫のような建物が二つあった。

桟橋のたもとに、足下に荷物を置いて白人のカップルがのんびり待っていた。ダーリーは窓から手を出して彼らに声を掛けると、そのまま車を倉庫の前まで走らせ、ぐるりと頭を巡らせて大きな扉の前にバックで着けた。降りていって鍵《かぎ》を出して扉を開く。

彼と鷹津さんも運転席から降りた。ダーリーはトラックの尻《しり》をゆっくり用心深く暗い倉庫の中に入れる。鷹津さんは倉庫に入って、片手を挙げ、ダーリーを誘導した。暗がりの中にキャリアーに乗せた舟があった。最適の位置で車を停め、鷹津さんの手を借りてそれをトラックに連結する。

ダーリーは舟を引き出して栈橋のずっと先の小石の浜で水辺に近づくと、バックで舟をキャリアーごと水の中に入れた。降りていって舟を水に浮かばせ、乗り込む。サスペンダーで吊《つ》った胸までのゴム長だからざぶざぶと水に入れる。鷹津さんがトラックの運転席に乗って、キャリアーを倉庫に戻した。

ダーリーは舟のエンジンを始動し、栈橋まで動かした。

彼は二人の作業を少し離れたところから見ていた。今は手伝えることはないようだ。空は目の届くかぎり厚い雲が垂れ込めていた。三日前にこの島に着いてから青い空を見たことがない。今トラックで越えてきた稜線《りょうせん》の上に鳥の大群が舞っていた。

舟というのは大きなゴムボートで、船外機が一基ついていた。U字形のゴムの浮体の間に甲板を張り、そこに七人分の座席と、最後部に運転席が設けてある。屋根も壁もなくて吹きさらしのまま。座席は坐《すわ》るというより跨《また》る形で、両手でつかまれるようにハンドルが付いている。

栈橋に戻ってきたトラックから荷物を積み替える時には彼も働いた。撮影機材が入った鷹津さんの大きな防水ケースは特別重いから、水の中に落とさないよう気をつけて積んだ。

ダーリーが全員に膝下《ひざした》までの長いゴムの合羽と褪《あ》せたオレンジ色の救命胴衣を配った。白人のカップルはお互い大袈裟《おおげさ》に笑いながら手を貸し合って合羽を着込んだ。この二人、彼の目にはずいぶんな歳《とし》に見えたけれど、本当はそれほどではないのかもしれない。大人の歳はわからないし、人種が違うといよいよわからなくなる。昨夜《ゆうべ》まで泊まっていた民宿のあの親切なおばさんはいったい何歳なのだろう。

彼は舟に乗り込んで真ん中あたり左側の座席を選んで跨り、ハンドルをつかんでみた。やっていること全部がどこかテーマパークみたいでおもしろかった。テーマパークと違うのはここががらんとしていて自分たちの他に人影もないことだ。ここには何の音もない。すごく静か。

走り出すと舟は速かった。港を出た先は外洋ではなく、どこまで行っても右と左を陸地に挟まれた狭い水路だった。このあたりは小さな島がたくさん集まった地形で、舟はほとんど波のない水面を滑るように走った。完璧《かんぺき》な静寂の中に船外機の轟音《ごうおん》が広がってゆく。その轟音の中心に自分たちがいる。でもこの舟が行ってしまったら、このあたりはまたすぐ静かになる。

旅はおもしろい。鷹津さんに連れられて知らない土地へ来て、いろんなものに出会う。鷹津さんはこの島は何回目かでよく知っているから、民宿のおばさんやダーリーと親しそうに喋《しゃべ》っている。彼は初めてだし、英語がわからない時もあるし、だいたい目の前に現れるものを見るだけで精一杯だった。知らないものがどんどん押し寄せてきて、頭が混乱する。夜、ベッドにはいってからその日に見たものを思い出して整理しようとするのだけれど、すぐに眠ってしまう。鷹津さんに起こされるまで夢も見ない。

舟の上は正面からの強い風で顔が痛かった。顔ぜんたいが冷たくなって、頬がこわばってきた。合羽は襟元まできちんと閉めているのに、それでも風は胸元まで入ってくる。鷹津さんは襟を立てて洗濯ばさみで止めていた。長いレンズを着けたカメラは合羽の中に入れたらしい。

水路の左右の岸辺は急な斜面で、水際《みずぎわ》まで針葉樹の林だった。前はずっとまっすぐに水面。走っているからダイナミックに見えるが実は単調な景観だ。時々水路がYやTの形に分かれている。そこでダーリーが舟の向きを変えると、風に乗った水しぶきが舳先《へさき》から飛んできてばさっと顔にかかった。いくつもあってどれもこれも似たような分岐をダーリーは次々に選んで先へ進んだ。ガイドだから詳しいのは当然だが、すべての動きに何の迷いもない。

岸辺の林の中には動物はいないのだろうか。姿を見せないだけで、何かが潜んでいるのかもしれない。熊《くま》か狐《きつね》か鹿《しか》がちらりとでも見えないかと思いながら、彼は顔に当たる風の中でしっかり目を開いて岸を見ていた。この水の中にはきっとたくさん生き物がいる。魚や蝦《えび》や蟹《かに》や貝が、水が冷たいなんて思わず、それぞれ勝手なことをやっているんだ。

昨日の夕方、一人で町の浜辺を歩いていて、砂の上に大きな魚の死骸《しがい》を見つけた。頭から尾まで一メートル近い、カレイのような平たい魚だった。何かに食われたのか身はほとんどなくなっていて、残ったところも乾いていた。骨の形がとてもきれいだった。しゃがんでみても何の匂《にお》いもしない。上向きに二つ並んだ眼窩《がんか》はどちらも空っぽ。

こんなに大きな魚がこの冷たい海にいるのかと思って、静かな湾の水面を見た。空も灰色、海も灰色で、時々わずかなうねりが砂浜をパシャンと叩《たた》くばかりだった。

魚の少し先に鳥の羽が落ちていた。大きな尾羽だ。思わず上を見ると、空に大きな鳥が飛んでいた。三羽ほどが高い空を細長い翼で悠々と輪を描いて舞っていて、やがて一羽が道に沿った並木の高い木のてっぺんに降りた。この前、空港に着いた時に見たのと同じ鳥。鷹津さんが名前を教えてくれた――「ハクトウワシ、白い頭の鷲《わし》。英語では bald eagle 禿《はげ》の鷲」。

その時のことを思い出して、水面を滑って進む舟の上から空を見たけれど、ここの空には鷲は飛んでいなかった。

日本からすごく遠くまで来た。飛行機に長い時間乗って太平洋を越えたし、バンクーバーで乗り換えて今度は北へ飛んだ。この島に降りて、町を見て森や小さな村に行って、今はこの舟に乗って冷たい風の中にいる。こんなに人のいないところに来ている。

ハンドルをつかむ手に力を入れ、腰を上げて後ろを見た。船外機の後ろに白い航跡が斜めに広がっていた。ダーリーと目が合うと、相手はにこっと笑ってうなずいた。大丈夫と言っているのか、楽しいだろと言っているのか。彼はダーリーが好きだと思った。自分に歳が近いし、ふるまいが軽くて明るい。

また坐って前を見る。

遠くへ来た。まるで違う世界へ来た。なかなか慣れない。おどおどしていると自分で思う。何か大失敗をして鷹津さんに叱《しか》られたりダーリーに笑われたりしたくない。

いろんなこと、もっとうまくやれればいいのに。

二時間くらい走って、フロート・キャンプに着いた。岸から十メートルほどのところに大きな筏《いかだ》を浮かべて、その上に小屋が乗っている。岸は高くて、まるで小屋の上にのしかかっているように見えた。でも小屋はぜんぜん平気な顔をしている。

舟が近づくと、誰かが出てきて手を振った。女の人だった。

細い浮き桟橋に舟を繋《つな》ぎ、筏に降りた。こわばった手足が伸ばせる。合羽を脱ぐと身体《からだ》が軽くなった。白人のカップルはきゃっきゃと騒ぎながら互いの合羽を脱がせ合っている。

ダーリーがみなに女の人をジュリアと紹介した。彼女は「すぐお茶の用意をするわ」と言った。鷹津さんとダーリーとカップルは小屋に入ったけれど、彼はそのまま外に残って筏の上を歩き回った。筏は太い丸太をケーブルで束ねて作ってあった。山には大きな木がたくさん生えているのだから、材料はいくらでもあるのだろう。

この場所は湾の中の湾のようになっていて、水はとても静かだった。船外機の音が消えたせいで空気も静かで、まるっきり何の音もしない。自分がたてる足音が、白い壁にクレヨンで書いた落書きのように思えた。それもかすかな谺《こだま》と共にすぐに消えるのだけれど。

筏の縁《へり》まで行って、水の中を見た。立ったままで見ると空が映るだけだから、跪《ひざまず》いて自分の影の中をのぞき込むようにする。水は澄んでいた。十メートルくらい下に海底が見えた。何もいないと思った時、小さな魚の群れが視野の隅を横切った。改めて見ようとするともういない。目を上げると水面にクラゲが浮かんでいるのが見えた。よく見るとたくさんいる。水の流れか風で湾のこちら側に寄ってきたのかもしれない。

家の中からジュリアが呼んだ。中に入って、他の人たちとテーブルに着き、紅茶とビスケットをごちそうになった。甘い熱い紅茶で身体が温まっていくのがわかった。

みなが談笑するのを聞いている。二日前にカヤックでここまで来て先ほど帰ったドイツ人の一行のことをジュリアが話していた。カヤックって、自分の腕で漕《こ》ぐ舟だ。エンジンのない舟でここまで来るのだろうか。さっきの水路をずっと自分の力で漕いでくるのか。

ジュリアに聞かれて、鷹津さんが「今回はクジラを撮りたい」と言った。そうか、ここにはクジラがいるんだ。本当にクジラに会えるかもしれない。でも、今走ってきたような島と島の間の狭い海にはたぶんクジラは入ってこない。

一時間ほど休憩して、ジュリアにお礼を言って、温かい身体でまた舟に乗った。

フロート・キャンプを出て五分ほど走ったところで外洋に出た。そのままずっと沖の方に向かう。波とうねりがあって、舟は水面をバンバン叩くように走った。しっかりつかまっていないと身体がふらつく。腰が浮く。走るうちに風はいよいよ強くなり、顔がこわばる。

立って振り向くと、水しぶきと霞《かすみ》でよく見えないけれど、島影はだいぶ遠くなっていた。ダーリーは運転席に伸び上がって、熱心に遠い水平線を見ている。クジラを探しているのだろうか。

ずいぶん沖に出たところでダーリーは向きを変え、舟を島の海岸線と平行に走らせた。

そのまま一時間ほど走る間、自分が最初にクジラを見つけられたら嬉《うれ》しいと思って彼も沖の方を目を凝らして見ていたが、クジラはいなかった。

そのうちに霧が出てきた。何か薄い白い煙のようなものが海面をふわふわと漂い、よく見るとそれは霧だった。遠くぼんやりしていた島影がもう見えない。ダーリーは白い闇《やみ》の中を前と同じように元気よく舟を走らせた。陸地は遠い。他の舟がいなくてクジラもいなければ、前が見えないままいくら速く走らせても衝突の心配はない。それに周囲は真っ白だけれど、海面はまだずいぶん先まで見えている。そんなに濃い霧ではないらしい。

こうやって、家からすごく遠いところに来ている、舟で運ばれている、と彼は考えた。何もしないでいい。ただ運ばれていればいい。

しばらく走ってから、ダーリーは舟の速度を落とした。そしてもう少し、また少し。舟はゆっくりと用心ぶかく走った。前の方に何か見える。陸地がぼうっと立ちはだかっている。数百メートル先に陸地。それを見て安心したのか、ダーリーは陸地を右手にしてまた速度を上げた。

やがて左からも陸地が迫り、舟は細い水路に入って行くようだった。霧がすっかり霽《は》れると、彼らの目の前に広い静かな湾があった。奥の方に大きな家が見える。大きな家の他に小屋のようなのが数軒あり、近くまで行くと少し離れて小さな栈橋が見えた。

「ローズハーバー」とダーリーがエンジンをしぼって最微速で舟を栈橋に近づけながら言った。目的地だ。

真ん中の大きな建物が食堂と厨房《ちゆうぼう》と事務所で、まわりの庭に散った何軒かのコテージが客室だった。彼と鷹津さんのコテージには上下二階に計四つの部屋があった。舟から荷物を運んで、鷹津さんは機材が重いので一階の部屋を取り、彼は二階にした。窓から広い湾が見えた。ずっと左手の方に桟橋とさっき乗ってきたゴムボートが小さく見えた。このコテージには他の客はいないらしい。

夕食まではすることもないと鷹津さんが言ったので、庭を抜けて海岸に行った。部屋の中にいても退屈だし、狭くて寝るだけの部屋だった。鷹津さんは何日ここにいると言っていただろう。明日からは何をするんだろう。

砂利の浜を遠くまで歩いた。浜の少し上に大きな建物の土台の跡がいくつもあった。壁も柱もないけれど、ちょっと離れたところに古材の山がある。錆《さ》びた機械の残骸が草の中に転がっている。大きな歯車が付いていて、何か巻き上げ機のようなもの。何に使う機械だろう。ここには何が建っていたんだろう。今泊まっている宿とは関係ないみたいだけど。

浜の後ろは林で、その先は小高い丘。その向こう側がさっき走ってきた外洋、つまりカナダ本土とこの諸島の間の海だ。湾の先には別の島影が見えるが、それを越えると太平洋だとさっきダーリーが言っていた。

珍しく雲が薄くて、弱い光を放つ太陽がぼんやりと見えている。そのせいで海もその向こうの島影もぜんたいに黄色っぽい。湾の水は波一つなく静かで、それをかき乱したくて彼は石を一つ投げてみたけれど、拍子抜けするほど小さなポチャンという音がして浅い波紋ができただけだった。水面に映ったぼけた太陽の影が少しだけ揺れた。林の奥から誰かが歩いてきた。背の高い人影がゆらゆらと岸辺の方へやってくる。青いとっくりのセーターを着た若い男。話しかけられるかと思って緊張したけれど、その男は何も言わないで宿の方へ行き過ぎようとする。

彼は何か言わなければと思った。鷹津さんがいないところでも人と話をしなければ。

「こんにちは」と声を掛ける。

相手は黙ってこちらを見た。白人のようだが、顔立ちにどこか違う要素が混じっている。

「えー、あの建物の跡が何かご存じですか?」

相手は彼が指さす方を見た。

「クジラ工場だ」

「クジラ?」

「このローズハーバーは昔は捕鯨基地だった。外の海で獲《と》ったクジラをここまで曳航《えいこう》してきて解体した。もうとっくにやめてしまったけれど」

そう言って海の方を見る。

彼もつられて海の方を見た。

「捕鯨が終わって、ここにはずっと誰も住んでいなかった。そこへアリスが来て、あのホテルを建てた」

それだけ面倒くさそうに言うと、相手はまた歩き始めた。

アリスって誰だろう?

初めての相手の英語がだいたいわかったことに彼は満足した。


アリスは宿の主人だった。

十名ほどのお客たちを指揮して厨房から皿やナイフ類、更に大きな鍋《なべ》やバット、鉢などに入った料理を運ばせている元気な女性だった。歳《とし》は、彼には若くはないというところまでしかわからなかった。そう、昼のフロート・キャンプにいたジュリアのように若くはない。もっと大きな声で話す。もっと毅然《きぜん》としている。ウェーブのある髪を首の後ろで束ねて、女主人らしく堂々とふるまっている。

食事は気楽だった。みんな自分の皿を持って鍋などのところに行き、好きなだけ取ってきて食べる。大きな白身の魚の切り身のグリルがうまかった。ジャガイモのグラタン、ニンジンのカレー味のソテー、それにカラシナのパイと大きな鉢に大量のサラダが二種類。パン。

みんなよく喋《しゃべ》りながら食べている。アリスが何か言って、鷹津さんがぼそっと一言答え、(彼には聞き取れなかったが)数人がどっと笑った。鷹津さんが冗談を言うなんて信じられない。

一緒に来たカップルの二人はそれぞれ四回くらい立っていってお代わりをした。先ほど浜で会ってクジラ工場のことを教えてくれた男がいたが、みなには混じらず、隅の方で一人で黙々と食べていた。彼はその男の方をちらっと見ながら魚のお代わりを取りに行った。

「そのハリバット、昨日アリスが釣ってきたんだ」と、魚を一切れ皿に乗せた彼を見て、隣に立ったダーリーが言った。ハリバットという言葉は聞き直した。後で調べなくては。

「大きい魚?」と彼は切り身から全体のサイズを想像しながら聞いた。

「八十ポンドあったわ。これくらい」と少し離れたところからアリスが大きな声で言って、せいいっぱい両手を広げた。「本当はもっと大きくなるんだけど、島の近くで釣れるのはそれでも大きい方」

彼は尊敬の目でアリスを見た。

皿を持って席に戻る。

「彼女はほとんど一人でここを切り盛りしているんだ」と鷹津さんがアリスの方を見ながら教えてくれた。「魚も釣るし、対岸の山に行って鹿《しか》も撃ってくる。裏の畑はみんな自分でやっているし、料理もする」

「強い人なんですね」

「ああ」

「家族とかは？」

「聞いたことがない。独りじゃないのかな。客を働かせるのがうまい。近くにいるとすぐに何か頼まれる。これが断りにくい。頼み上手なんだな」

「ハリバットって何ですか？」

「この魚か。オヒョウ。カレイのでかいのだよ」

昨日、サンドスピットの浜で見たのもハリバットだったのだろうか。

食事が終わった時、彼はアリスに呼ばれて厨房へ行った。

「これを運んでくれる？」と言われて大きなバットに作ったブルーベリーのパイを食卓へ運んだ。これが今日のデザート。アリスはその後から大きなポットに入れたコーヒーを持ってきた。

「お茶が欲しい人は自分で作って。そこにティーバッグとお湯があるから。ミントの匂《にお》いが好きならばそれを入れて」

生のミントが束にしてコップに差してある。葉っぱをむしってお茶に入れる。

パイを食べて紅茶を飲んでいると、隣にダーリーが来て坐《すわ》った。

「うまいだろ」

「ええ、とても」

「いいかげんな作りかたなんだよ。ドレッシングなんか、手当たり次第にいろいろ混ぜるだけみたいに見えるけど、いい味になる。なげやりでいて、それでちゃんとしている」

誰もがアリスを敬愛している。

「あの人は誰ですか？」と彼は青いセーターの男の方を目立たないように示して聞いた。

「研究者だ。毎年この島に来て、もう人が住まなくなったインディアンの集落を回って調査している。トーテムポールとかいろいろあるからね。サンドスピットでモーターボートを借りて一人で来たらしい。去年もここで会った。あんまり喋らないだろ」

「ええ。でも昔のクジラ漁のことを教えてくれました」

「もうすぐ帰るって言っていたけれど」


翌日は朝からダーリーの舟に乗って撮影に行った。

鷹津さんは首からカメラを提げて、交換レンズやフィルムの入った小さなバッグを持った。予備の機材を入れた大きなバックパックを運ぶのが彼の任務だったが、それも部屋から桟橋までの間だけで、舟に乗せてしまったらすることはない。

最初に行ったのはローズハーバーから二十分ほどの高い崖《がけ》の真下だった。その崖にたくさんの鳥が巣を作っていた。海の上を無数の鳥が飛びまわり、巣と海の間を行き来していた。見ていると、水に飛び込んでまた空へ飛び上がるのもいる。魚を獲っている。そう気づいてよく見たけれど、くちばしに魚をくわえているところを見ることはできなかった。たくさんいるし、遠いし、それにどれも動きが速い。

そこで二時間くらい海の上を漂いながら鳥を撮った。鷹津さんは望遠レンズを着けたカメラを構えてずっとチャンスを狙《ねら》っていたし、ダーリーは微速でエンジンを回して舟が流されないように運転していた。彼は邪魔にならないよう黙って鳥を見ていた。少し波があるが、揺れているのは気持ちがよかった。波は崖の下にぶつかって飛沫《しぶき》を上げていた。空は曇っていたけれど、そんなに厚い雲ではない。
舟のすぐ近くの水に飛び込む鳥もいた。人間のことなど知らぬ顔だ。しばらくする
と水から出てきて、羽ばたきながら水を蹴《け》り、空へ戻る。そこを鷹津さんが撮った。
鷹津さんはこういう仕事なんだ。海の真ん中で、いい写真が撮れるまでじっと待っている。たくさん撮って、いちばんいいのを選ぶ。揺れる舟の上では撮るのもむずかしいだろう。陸地ならば三脚が立てられるけれど、この場ではカメラを手で持つことしかできない。あの崖の下に舟を寄せて上陸するのは無理だ。そういう安全なところだから鳥は巣を作る。

クジラを撮る予定の方はどうなるのだろう。

ここにいると、何も考えなくていい。鳥と海を見ていればいい。でなければ夕食の後でブルーベリーのパイを運んでいればいい。今は特別の日々。すごく楽だ。ずっとここにいるわけにはいかないけれど、でも今はいいんだ。

鷹津さんにそんなに迷惑はかけてない。ぼくを連れてこなければよかったとは思っていないだろう。手伝えることはないけれど、だけど邪魔にはなっていない。大丈夫。

ともかく今は言われたとおりに動くだけ。たくさんのものが見られる。こんなところで、舟に乗ったまま、こんな鳥を見ているなんてすごいことだ。鷹津さんのように

写真家になれたらいいかな。

十年先の自分が見えたらどんなにいいだろう。そこに行けるとわかっていたら途中の面倒もずいぶん楽になるのに。でも、十年後はなかったりして。あと三年で交通事故で死ぬ運命だったりして。ならば先は見えない方がいいってことになる。

死ぬわけないよ。


次の目標はトドだった。島の崖から三十分ほど走って外洋に出て、島のずっと南の方に行った。

「あそこ」とダーリーが指さした。

岩ばかりの低い陸地が長く伸びていて、よく見るとそこで何かがもぞもぞ動いている。近づくと、それがぜんぶトドだった。ものすごく大きな不細工な茶色い海獣が浜を埋め尽くすようにいて、それぞれに身を揺すったり、不器用によちよち動いたり、ギャーとかギーとか声を出したり、寝たりしている。

ダーリーは舟を海岸から五十メートルほどのところに停めた。鷹津さんはそのポイントからしばらくトドを撮って、もっと近づくようダーリーに合図した。舟が岸に寄る。群れの前をゆっくり横切るように舟を動かす。

ダーリーが彼の肩をつついた。

「雄だ」と一頭を指さしてささやいた。

そいつは他のの倍くらい大きかった。頭を高く上げて、自分の大きさを誇示している。こちらを警戒するように見ている。あんな小さな目で見えるのか、それとも鼻を突き出して匂いを嗅《か》いでいるのか。

「他のはぜんぶ雌。ハーレムだよ」

大きな雄が少し身体《からだ》を動かした。こちらに向かって身を乗り出すような仕草だった。ダーリーはそちらへ舟をゆっくりバックで近づけた。少しずつ、少しずつ。雄はいらいらと落ち着かないそぶりを見せた。怒っているのかもしれないが鈍重な顔には何の表情も出ない。まわりの雌たちがそわそわしている。

雄が海に躍り込んで攻撃してくるかと思って緊張したけれど、舟でずいぶん近づいてもトドは動かなかった。しばらくの後、ダーリーは諦《あきら》めてエンジンを前進に切り換え、トドたちはたちまち遠くなった。

十五分ほど後、舟はローズハーバーとは別の広い湾に入って砂浜に接岸した。誰もいないし何もない。

ランチボックスを持って上陸し、まず歩き回って流木を集めた。

大きな焚《た》き火を前にして昼食を広げる。ハムとチーズの大きなサンドイッチと魔法瓶の熱いお茶はうまかった。その他に胡瓜《きゆうり》とレタスのサラダ。これは昨夜《ゆうべ》の残りだったけれど、ドレッシングは別に持ってきたからレタスの葉はちゃんとぱりぱりしていた。

「あのトドたち、去年とまったく同じなんだ」と鷹津さんがゆっくりお茶を飲みながら、彼に英語で言った。「撮る甲斐《かい》がない。三日もねばれば何か新しいものが撮れるかもしれないが、そこまでするのもね」

「去年も舟で挑発してみたけれど、乗ってこなかった」とダーリーが言った。

「ザバッと水に躍り込むところが撮りたかったんだが」

「すごい」と彼は言った。

「後が大変。逃げるしかない」とダーリーは言ってげらげら笑った。「いちもくさん」

「ああ見えても水中では機敏だからね」と鷹津さんが言った。

その話はそこで終わって、しばらくの間、みんな黙って火を見ていた。

「この子はねえ」と鷹津さんがダーリーの方を見て言った。「この子は英語しか喋らなかったんだ」

「日本で？」

「そう。家の中で。いいよな、これ、話しても」

「ええ」

「何が理由だったのかな。ともかく中学生の時に英語しか口から出てこなくなった。ぼくはこの子の父親と友人でね。相談されたけれど何の助言もできなかった」

父が鷹津さんに相談していたのか。

「どうして？」とダーリーが彼に聞いた。

「わからない」と彼は言った。自分がこの話をしているのが不思議だった。これも英語だから楽に話せるのかもしれない。「ぼくは問題のある子供だった。家の中でも言いたいことがうまく親に言えない」

「そんなものだよ」とダーリーは言った。

「学校で英語を習いはじめてしばらくした時、こっちを使えばいいんだと思った。自分の中で何が起こったのか知らないけれど、その時から日本語が出てこなくなった。本当にどうやっても駄目なんだ。英語の方はまだ初歩の初歩で、だからいちばん簡単なことしか言えない。今みたいにこんな風には話せない」

「きみの親たちは？」

「母親は英語が少し使えた。父親は駄目。だから父親が怒った。自分だけ馬鹿《ばか》にされているみたいに思ったんだ。母だって困っていた」

「学校では？」

「学校では日本語も話せた。英語の時間がいちばん元気だったけど。父や母の前だと舌がもつれて言葉が出てこなかった」

「兄弟は？」

「いない。ぼく一人だけ」

「実際、大変だろうな」

「和英辞典をいつもポケットに持っていた」

「変なファミリーだな」

「本当に変だったよ。精神科の医者にも会ったし、教育の専門家にも会った。問診も親が一緒だと日本語は出てこない。単純な、you Tarzan, me Jane みたいな英語だけで話す」

「ははは、ターザンか」

「だから英語をすごく勉強した。たくさんの本や雑誌を読んだし、通学の時も英語のテープを聴いていた。外国人の子供たちと交流するクラブに入った」

「この一年ほどは塾で子供たちに英会話を教えていたんだ」と鷹津さんが口を挟んだ。「生徒として学校に行くのはやめて、塾で教える方をしていた。それで得たお金でここまで来た。何に使うかわからないまま貯金していたけれど、でもいい使いかただった。初めての外国」

「きみの英語、いいよ」

「今は家でも日本語が喋《しゃべ》れる。英語で自信がついたらずいぶん楽になった」

「そんなものだ」とダーリーはまた言った。

「英語を話していると別の自分になったみたいだったんだ」

実際には英語しか話さなかった時期はそれほど長くはなかった。しかし、辛《つら》い時期だった。親は怒っているし、言いたいことは言えないし。学校から帰ると部屋にこもって英語だけやっていた。テレビなどの日本語も聞きたくなかった。生理的に受け付けないという感じ。

日本語でも読む方は問題なかったから、BSで字幕のついたアメリカ映画を見ていた。台詞《せりふ》の英語を聞いていた。本は日本語のものもよく読んだ。

そのうち食事も一人で摂《と》るようになった。父は彼の顔を見たくないようだったし、母はため息ばかりついていた。

今だって父とはお互い避けている。でももう殴られることはない。

昼食の後は外洋に出てクジラを探してみたけれど、広い海面をいくら走ってもクジラには会えなかった。午後も遅くなった頃、彼らはローズハーバーに向かった。

気づかぬうちにずいぶん沖に出ていたらしくて、帰路は一時間近くかかった。広い海面から島の間の狭い水路に入ってゆくあたりで、いきなり強い光が満ちた。頭上を覆《おお》う雲が西の空で横一筋だけ切れ、その細長い隙間《すきま》にちょうど太陽があって、海ぜんたいをまぶしく照らしている。太陽から上はすっかり雲。太陽の下も雲。

「きれいだな」と鷹津さんが言って、手でダーリーを制した。エンジンの音が低くなり、舟がぐっと遅くなる。鷹津さんは何度かシャッターを切った。舟から太陽の真下まで、水平線に向かって光の帯が伸びている。波がきらきらと光っている。

西の空では太陽が輝いているだけでなく、その周りの雲が赤や朱色や金に染まっていた。太陽の左右には細く長く青い空が見えていた。

「きれいですね」と彼も小さな声で言った。すごく運のいいことだ。こんなものを見られるのは特別のプレゼント。

しばらく見ているうちに太陽はまた雲の向こうに隠れた。舟は速度を上げて走り出し、十五分後には桟橋に着いた。

鷹津さんの荷物をコテージまで運んでから、彼は空のランチボックスと魔法瓶を持って厨房《ちゅうぼう》に行った。

アリスがオーブンの前にいた。

「おいしいサンドイッチでした。ありがとう」

「あら、あれはダーリーが作ったのよ。今から畑に行くけれど、一緒に来る？　力を貸して」

「はい」

畑は宿から林の中を歩き、小高い丘を越えて十分ほどのところにあった。そこまでは何も話さずに細い道を前後に並んで歩いた。先ほどの夕日のことを言いたかったが、うまくきっかけがつかめない。

林を開いて作った畑はずいぶんな広さだった。

「宿でお客に出す野菜は自給なの」とアリスは言った。「ここはスーパーマーケットからちょっと遠いからね」

ちょっとって何十マイルってことだ。

畑は十くらいの区画に分かれていた。いちばん手前の区画にはハーブが何種類も植えてあった。お茶に入れたミントはここから来たのか。

アリスに言われるままに、大きなバケツにトマトを収穫した。サラダだけでなく、パスタ用のソースにして瓶に詰めておくのだという。青いのは残して真っ赤になったのだけ採った。やがて一杯になった重いバケツを畑の端まで運び、背筋を伸ばして遠くを見た。少し汗をかいて、いい気持ちだった。

向こうの方でアリスは何か大きな葉のついた野菜を収穫していた。近くまで行って見たけれど知らないものだった。

「それは何ですか?」

「ルバーブ。パイにするとおいしいし、ジャムにもするわ。トマトは?」

「もう一杯になりました」

「じゃあ、そこのレタスとセロリを三株ずつ採って。今夜のサラダに使うから。それからあっちのバジルを一つかみ。バジル、見分けられる?」

「わかると思います」

ハーブの区画に行って、それらしい葉を匂《にお》いを確かめてから採った。レタスとセロリはバケツ一杯のルバーブの上に乗せた。トマトもあるし、バケツ二つ、ずいぶんな量になった。とっても重いけれどどうやって運ぶのだろう。

畑の隅に小さな物置があった。アリスはそこに行って手押し車を出してきた。二人で二つの大きなバケツをバランスよく積み込んでから、アリスは振り返って畑の方を見た。

「よく育ってるでしょ」

「ええ。あなたは腕のいい農夫なんですね」

「いいえ。ここでは作物がよく育つの。耕して、ざっと肥料を入れて、種や苗や種芋を植えておけば勝手にどんどん大きくなる。どうしてだかわかる？」

「土がいいんですか？」

「夏が短いからよ。植物は必死なの。秋が来て寒くなる前に次の世代を用意しなければならない。実際にはね、地面が冷たくて日射《ひざ》しが強いという、この組合せが生長を促すらしいのね。生き物は少し条件が悪い方ががんばるものなのよ」

それはとても意味のあることかもしれないと思いながら、彼はアリスの前に立って手押し車を押した。この人の役に立つのは嬉《うれ》しいことだ。

事件が起こったのは翌日の朝食の後だった。

事件というほどのことではなかったかもしれない。数名いた客がみな食事を終えて席を立ち、そこに残っていたのは彼とダーリーだけだった時、食堂の隅のお茶のコーナーを片づけていたアリスが「あっ！」と叫んで、バラバラとすごい音がした。大きなプラスチックの容器がさかさまに床に落ち、中のコーヒー豆が床一面に散乱している。

あたりは広い範囲にコーヒー豆を敷き詰めたようになった。

「あああ、失敗してしまったわ。どうしよう」

アリスはその場に立ちつくしていた。

彼とダーリーは黙って見ている。

「どうしよう。本当の話、こういう時はどうすればいいのかしら」

自分に向かってそう言いながらアリスは考えていた。

「これをこのまま捨てるわけにはいかない。それは明らかよ。床に落ちたものではあるけれど、でもそんなに汚れたわけではない、と考えなくてはいけない」

まるで自分を説得しているようだ。

「ぜんぜん汚れていないよ」とダーリーが言った。

「ともかく、コーヒーはこれだけしかないという現実と向き合わなければならない。これを捨ててしまうと私たちはコーヒーが飲めない。コーヒーを飲む人にとってコーヒーがないのはずいぶん辛いこと。うちだけでなく、隣人たちも困る」

「この近所に隣人がいるんですか？」と彼は聞いた。

「四軒もあるわ。家にコーヒーがなくなるとここへ買いに来る。今日にも来るかもしれない。言い換えれば、これはこの二十マイル四方で唯一《ゆいいつ》のコーヒー豆なのよ。それを私はドジなことに床にぶちまけてしまった」

「ぼくたちで拾って元に戻せば誰にもわからない」と彼は言った。

「そのとおり」とダーリーが言う。「ぼくは沈黙の誓約を立てる」

「ぼくも秘密を守ります」

「では拾いましょう。でも、なるべく土が混じらないようにしてね」

というわけで三人はそれぞれにステンレスのボウルを脇《わき》に置いて床にひざまずき、小さな茶色の豆を拾っては入れていった。山になった上の方は床と接触していないから、すくい上げてボウルに放り込めばいい。しかし食堂の床の上にはみなの靴に着いて持ち込まれたごく薄い土ないし埃《ほこり》の層があることは認めざるを得ないし、そこに直《じか》に落ちた不運なコーヒー豆は土によって汚染されているとも考えられる。彼は一つずつフッと息を吹きかけてからボウルに入れた。微量の土はコーヒーの味を変えるだろうか。紅茶しか飲まない彼にはわからないことだ。

そのうちに彼の中で奇妙なことが起こった。何かに感情が揺すぶられた。遠い昔の何かがそっと音もたてずに返ってきて、彼の心を乱した。急に胸にこみあげるものがあって、床の上のコーヒー豆を見ている視野が薄い涙の層でぼやけた。なぜ、今、ぼくは泣きそうなんだろう？

彼は困惑した。そのまま大きな声を上げて泣きたい気持ちだったが、そうしたらアリスたちが変に思うだろう。今は冗談を言いながら三人でコーヒー豆を拾っているだけなのだ。これは説明ができない。なんで泣きたいのか自分でもわからない。なにげなく涙をぬぐって、なるべく別のことを考えるようにして、気持ちを抑えた。鼻の奥がじーんと痛かった。

豆をすっかり拾うのに三人で十五分かかった。豆は広い範囲に飛び散り、テーブルの下や戸棚の蔭《かげ》にまで入り込んでいた。作業が終わると指先にコーヒーの匂いが染《し》みついていた。彼の目がちょっと潤《うる》んでいることに他の二人は気づかない。

「ありがとう」とアリスが言った。「お礼にコーヒーをいれましょうか？」

「いえ、けっこう」とダーリーが言った。「泥臭いコーヒーはあんまり好きじゃない」

「裏切り者。夕食の後は素知らぬ顔でおいしそうに飲んでよ」

「わかってますよ」

そういう冗談が脇で聞いていてわかったことが彼は嬉しかった。

そこでようやく、記憶の中にちらついていた光景が何なのか思い出した。同じようにして土を払いながら地面に落ちたものを拾い集めた記憶。何年も前の記憶。

その後すぐに舟を出す予定だったが、準備をしているうちに天気が崩れてきた。厚い雲で空が暗くなり、風がどんどん強くなった。鷹津さんとダーリーは相談し、ダーリーは短波放送で天気予報を聞いて、結局その日は舟を出すのは無理ということになった。そう決めたとたん、その判断を天が裏付けるかのように、激しい雨が降りはじめた。

鷹津さんは寝ると言って部屋に戻った。いつでもどこでもいくらでも寝られると前に言っていたのを彼は思い出した。

ダーリーもどこかへ行ってしまった。白人のカップルは合羽を着込んで雨と風の中へ散歩に出ていった。食堂のテーブルであの青いセーターの男がノートの整理をしていた。足下に大きなトランクが置いてある。どういう研究なのか興味があったけれど、声を掛けるのは気が引けた。愛想のいい人じゃないし。

彼は離れたところに坐《すわ》ってぼんやりと窓の雨を見ていた。昔のことを思い出していた。

先ほどから厨房の方で何か音がしている。立っていって覗《のぞ》いてみると、アリスが大きな鍋《なべ》の前に立っていた。何か甘い匂いが漂っている。

「何か手伝うことありますか?」

「料理できる?」

「少し」

「じゃあ、これを混ぜて。焦《こ》げないように、底の方からゆっくりと」

大きな鍋の中には黄色っぽいどろりとしたものが入っていた。ジャムらしい。

「昨日のルバーブ」とアリスが言った。

オールのような長い木の箆《へら》で言われたとおり底の方から混ぜる。火は強くないが、大量の砂糖が入って粘っこくなっているから放っておくとたぶん焦げつくだろう。

十五分くらい混ぜつづけた時、隣の部屋に行っていたアリスがグラスに入れたものを持ってきて鍋に注いだ。

「レモン汁」と言う。

それからまた十五分ほどした時、再びアリスがやってきて鍋の中をしげしげと見て、一さじすくって舐《な》めてからジャムの完成を宣言した。火を消す。

「こんどはこっち」

別の大きな鍋の中に湯が沸かしてあった。中は針金のフレームに掛けたたくさんのガラス瓶だった。煮沸しているらしい。

二人でフレームを持ち上げると、ざばざばと湯を切りながら瓶が出てきた。長い鉄のトングで一個ずつ摘《つま》み上げて、湯を空け、台の上に並べる。大きなお玉でジャムをすくって瓶に入れる。熱いから厚い布巾《ふきん》で押さえて蓋《ふた》を閉める。大きな瓶に四十本分のルバーブ・ジャムができた。

「味見をしなくては。お茶をいれるからね」

薄いトーストとバターとできたてのジャム。それに紅茶。

外はいよいよすごい天気になっていた。

「ここはおもしろい？」

「ええ、とっても。ここが好きです。長くいたいと思います」

「山や海は好きなの？」

「今まではそうでもなかった。山や海に行っている時間がなくて」

「そんなに忙しかったの？」

「忙しいというのとは違う。いろいろ問題があったんです。ぼくのこと、話してもいいですか?」

「ええ、もちろん」

「今朝、あそこでコーヒー豆を拾っていて思い出したことがあります。ずっと昔のこと」

「ははは」とアリスは笑った。「君はいくつなの? 君の言うずっと昔っていつのこと?」

「ぼくは十七歳です。だからぼくの人生はまだ十七年と少ししかないけれど、それでもぼくにも昔はあります」

アリスの表情がちょっと変わった。真剣な感じが伝わったのかもしれない。

「わかった。ごめん。続けて」

「この昔は十年近く前です。ぼくが小学校に入った頃。この話をするにはまずぼくの父が暴力的な性格の持ち主だったということを言わなければなりません。父は暴力的でした」

「家族に乱暴をしたということ?」

「そうです。ぼくは殴られたし、母はよく青あざを作っていました。気が短くて、口答えすると手が出る。その後で気まずそうな顔をするんだけれど、一週間たつとまた同じことをする」

「なるほど」

「ぼくは性格が弱いって言われました。男らしくない。弱虫だって。危ないことをさせようとしてぼくが怯《ひる》むと怒りました。鍛えると言って殴る。ぼくも母も父を怒らせないよう、そっと音もたてずに暮らしていました。でもその分、心の中に何かがたまっていくんです」

「君の父はお酒は？」

「飲みません。外から見れば理性的で、ものわかりがよくて、温厚。みんなそう思っています。だからぼくは鷹津さんにはこの話はしないんです」

「そうか。君のことを友人の息子だって言っていたね」

「ええ。父と鷹津さんは高校以来の友人です。仕事はぜんぜん違うけれど、仲がいいんだと思います。だから鷹津さんはぼくが高校に通わず、大学受験の勉強をやめてしまったのを心配して、ちょっとカナダへ行くかって冗談みたいに言ってくれました。ぼくは自分のお金があったし、英語の練習にもなると思って」

「君の英語、いいよ。ゆっくりだけど言いたいことは伝わってる」

「たくさん勉強しました。英語しかしなかった。それで、八歳の時の話です。三日くらい降っていた雨が上がって、ようやく空が青くなった日曜日でした。何かの用で母は家にいなかった。ぼくは二階の自分の部屋で本を読んでいたんです。なんだったか忘れたけれどおもしろい本だった。そうしたら父がぼくの部屋を覗いて、男のくせに天気のいい日に部屋で本なんか読んでいないで外で元気に遊べと言った。ぼくは本がちょうどおもしろいところだったので、もう少し読んだらと答えました。口答えですね。そうしたら父が怒って、とても怒って、ぼくが読んでいた本を奪い取って、窓から外に投げた」

「ふーん」とアリスは言った。

「外は庭でした。ぼくは『お父さん、ひどいよ』って言って。それで庭の隅に本が落ちているのを見て、部屋の外に出て階段を駆け下りて、本を取りに行こうとした」

「うん」

「庭へ出ようとすると、二階の窓からどさっと本が降ってきました」

「あらまあ」

「ぼくがぼくなりに怒って『ひどいよ』と言ったので、父はもっと怒って、ぼくの本棚の本を窓から投げたんです。次から次へと本が落ちてきて、それから最後にからっぽの本棚が降ってきた」

「君を狙《ねら》って投げたとか？」

「いえ、それはぜったいにありません。ぼくが庭のそっちにはいないことを確かめて投げたと思います。いずれにしても小さな本棚だったから。ぼくがぬかるんだ庭に出て、自分の部屋を見上げると、父の姿はありませんでした。その日はずっと家の中で会わなかったから、たぶん自分でも嫌になってどこか外へ行ってしまったんでしょう」

「それで？」

「そう、その先のことなんです、ぼくがさっき思い出したのは。ぼくは庭に出て、本を拾いました。泥が付いていたので、まず雑巾を持ってきて、一冊ずつ拭《ふ》いてから居間の床に並べて、庭中を歩いて一冊また一冊と拾って、拭いて、木の床の上に置いていった。そうやって『クマのプーさん』や『子供のためのギリシャ神話』や『はらぺこあおむし』を救い出した」

「ああ、『はらぺこあおむし』ね」とアリスは懐《なつ》かしそうな顔で言った。

「ええ、あおむしがいろいろ食べて、最後に蝶《ちょう》になる話。ぼくはそうやって泥にまみれた本をぜんぶ拾って、泥を拭いて、積み上げた。それから本棚を救出しました。丈夫なやつで二階から落とされても壊れていなかった。八歳の子供でもなんとか持てるくらいの大きさだったんです。庭の中はひきずって運んで、家に入れるところでよく拭いて、何度も洗面所に行って雑巾をゆすぎました。そして最後に階段を引きずり上げた。本も同じように運んで元に戻した」

そう話しながら彼は、八歳の自分が少し泥のついた本を数冊ずつ抱えて何度も階段を上ってゆく場面を思い描いた。思い出しているのか、想像しているのか、その違いがわからない。

「地面に落ちたものを一つずつ拾って、泥を落として、また使えるようにする。十年を隔てて同じことをしたわけです」

「人は暴力を振るうのよ」とアリスは言った。「そういう人がいて、出会ってしまうとしかたがないの」

「でも、この話、忘れていたんです。あのコーヒー豆を拾うまで本当に忘れていた。いきなり思い出して、涙が出そうになりました」

「忘れた方がいいと思うことを心はこっそり隠すんじゃないかな。今、君は、これはもう思い出しても大丈夫って判断したんじゃないかな」

「そうかもしれません。あなたになら言ってもいいと思った。やっぱり鷹津さんには言えません。それは父を裏切ることになる」

「だから家族はやっかいなのね。中でどんなに争っていても、外に対しては結束する。家族は家族だからね。だから、青あざを作ってもどこかにぶつけたとか言って」

「辛《つら》いことでした、ぼくも母も」

「さっき君が、ぜったいに父は自分を狙って本棚を投げたのではないって言った時、ああ、かばっているなと思ったよ。それで、その後の君と父の仲は？」

「やっぱり大変でした。立とうとしてもつぶされる。父が望むような息子になれなかったんです。一時期ぼくは、ほとんど英語ができないのに、家の中で英語しか話せなくなりました。日本語が出てこない。毎日が地獄みたいでした。それがぜんぶ父との仲から生じたとは言いません。でも大変でした」

「みんながね、ここに来てそういう話をするの。こんな言いかたをして、私は君の事例を一般化しようとしているわけではないのよ。でもここの空気はみんなの口を軽くするみたい」

「そのためにこんなに遠くまで来たんですね」

「タカツは君の父のそういう面のことは知らないの？」

「たぶん知らないでしょう。それで、さっき気がついたんだけど、家の中で英語しか話せなくなった時、たぶんぼくは別の自分になろうとしていたんです」

「違う言葉を話す違う人格？」

「そう。うまくいくはずはなかったけれど」

「暴力を振るう方も悲しいんだよ。君の父だってそうだと思う。怒って相手を殴る。自分を抑えきれない。でも、少し時間がたてば嫌な気持ちになる。自分が嫌いになる。この先も同じことを繰り返すかと思うと未来が暗い。こんなに自分を怒らせる相手の方が悪いと思う。でもそれが間違いだと知っている。友人ならば喧嘩《けんか》別れできるけれど家族はそうはいかない」

　そういう風に父の心の中を想像はしなかった、と彼は考えた。

「アメリカでもそうなんですか？」

「ここはカナダ」

「そうだった。すみません」

「どこの国でも同じ。私はもともとニューヨークよ。どこにでも暴力的な親や夫はいるし、その傍らには妻や子供がいる。次の世代に、君が父親になった時に、自分の子供を殴らなければいいの」

　そんなこと考えてもみなかった。父親になった自分なんて想像もできない。でもそういう時がたぶんいつか来るだろう。

「君は父の問題だと思っているかもしれないけれど、父を取り替えられない以上これは君の問題だよ」

「わかっています」

「それで、私にこうやって話せたんだから、君はこの問題から抜け出したと思う」

「そうかな」

彼が考えているところへ誰かがやってきた。あの青いセーターの研究者だった。

「そろそろ行く。また来年、この時期に来る」

「天気が悪いわよ」

「大丈夫だ。今日のうちにサンドスピットまで戻る」

「無理だったらジュリアのところに泊まりなさい」

「わかった。たぶんまた来年。この時期に」

青いセーターの男とアリスは一瞬抱き合った。

彼は、分厚い雨具を着込んでトランクを持って雨の中へ出てゆく男の姿を見送った。

「あの人は八分の三までインディアンよ。あとは白人」と男がいなくなってからアリスが言った。

だからああいう顔なのか。

いつか、何年も先に、あんな風に仕事を持ってここに来られるといい。そしてあんな風にまた来年と言って帰っていけるといい。今はそれが不可能ではないような気がする。これからはいろんなことがうまくいくかもしれない。この夏で十八歳だ。

アリスがお茶のカップやジャムの容器を片づけはじめた。彼はそれを手伝おうと立ち上がった。

栈橋の方から青いセーターの男が乗ったモーターボートの力強いエンジン音が響いてきた。

きみのためのバラ

午前九時五七分の電車はいつも込むのだが、その日はとりわけ乗客が多かった。席の大半は埋まっていて、彼と妻は並んで坐《すわ》ることができず、通路をへだてて斜めに向き合うように坐った。乗った駅から首都の終着駅までは四十分。途中では二度しか停まらないし、本を読んでいれば時間は速やかに過ぎる。

次の駅では通路まで一杯になった。彼は三人掛けの席の真ん中に身を縮めるようにして腰掛けて、手の中の本に集中しようと努力した。これがなかなかむずかしい。脳内に眠気の霧がたゆたっているのだが、眠りこむほどではない。本はあきらめて鞄《かばん》にしまう。右の席の男は大柄で、腕や荷物が目に見えない境界線をしばしば侵す。気にしないようにしよう。

二番目の駅が近づいて列車は減速しはじめた。この駅を出るともう終点まで停まらない。

彼の後ろの方の席にいた中年の婦人が立って出口に向かった。人々の間をしなやかに、しかしけっこう強引に進む。みなが協力して彼女を通す。これだけ込んでいると大変だな、と思いながら、彼はそれを見ていた。

婦人は出口の近くまで行った。

彼の背後から声がした――

「奥さん、鞄、忘れてますよ！」

その野太い声に婦人は振り向いた。

「それ、私のではないわ」

それだけ言って彼女は出口の方に向き直った。

彼の背後ではざわざわと何人かが言葉を交わしたが、よくは聞き取れない。ぼくの鞄です、と言った者はいないようだ。

電車は駅に着き、婦人は降りた。またたくさんの客が乗ってきた。車内はぎっしり人で埋められたという感じ。何が理由なのか、出発がだいぶ遅れた。

長い間待った後で走り出したけれど、のろのろとしか進まない。窓の外はずっと森で、木々はわずかに黄葉しはじめていて、梢《こずえ》のあたりが金色になっている。そこに午前中の光が斜めにあたって美しく映える。

ああ、こういう季節になった、と彼は思った。この国で黄葉を見るのは二度目か。

斜め前に坐った妻が、彼の方に合図した。立って、という。

「ん？」

込んだ車内で座席を確保して坐っているのだし、到着まではまだ三十分くらいある。わざわざ立つ理由がわからなかった。

しかし妻は立ち上がり、それ以上の説明をしないまま、出口の方へ向かった。ちょっと振り返って彼を促す。

しかたなく彼も立って、鞄を胸の前にかかえ、妻の後を追った。

車内が込んでいるので、これが容易でない。まさか日本の通勤電車ほどではないが、人々の隙間《すきま》は少ないし、だいたい駅が近づいているわけでもないのに誰かが車内を移動することを乗客たちは予想していない。気が付けば協力して隙間を作ってくれるけれど、そのためにはちょっと人を押したり、「パルドン」と声を掛けたり、働きかけなければならない。

砕氷船のようだ、と前を行く妻を見て彼は思った。妻が隙間を作ってくれる。しかしその隙間は速やかに閉じるから、彼はまた苦労して道を開きながら進んだ。

坐っていたのが二階席だったので、出口のデッキまでは階段だった。そこに若い連中が坐りこんでいる。彼らの隙間に足を差し入れるようにして一段ずつ降りる。デッキのところも人で一杯。

妻はそこでも立ち止まらず、もっと先へ行こうとしている。別の車両へ移ろうというのか。

理由がわからなかった。さっきの彼の席の背後に誰か顔を合わせたくない者でもいたのかな。しかしそれならば彼に一言そう言えばいい。自分たちはこの国の人たちとは違う言葉でふだん喋《しゃべ》っている。そちらを使えばまず周囲に理解できる者はいない。それなのに、あの秘密めいたひそやかな立ちかたは何だ？

妻はなおも人をかき分けて先へ進み、重い扉を開いて連結器の上の幌《ほろ》の中に入り、彼のために扉を押さえて待っていた。その先はもっと大変で、それはつまり次の車両の乗客はそんな時に隣の車両から誰かが来ると思っていないからだけれども、扉が開いて入ってきた妻のためにそちら側の人々が余地を作るまでにいささかの混乱があったようだ。

それでも人々は迷惑そうな顔をするでもなく、なんとかやりくりしてくれる。

隣の車両に入ってだいぶ進んだところで、ようやく妻の困難な前進は止まった。

「もう少し離れたいんだけど、ここでいいことにしましょう」

妻は涼しい顔でそう宣言した。

彼は揺れる電車の中で、支柱につかまって身体《からだ》を安定させながら、目で問うた。なんで、ここまで、来たの？

「さっきの鞄、誰のものかわからないのでしょ」

「あれが？」

「まさかの、まさかの、まさかよ。でも、今は持ち主のわからない荷物には気をつけるべき時期よ。ふっと、あれが危ないことをする人たちが仕掛けたものだったらって思ったから」

テロリスト？　と聞き返しそうになって、彼は心の中で口を押さえた。その言葉は使わない方がいい。それはこの国でも同じ言葉だし、この込んだ電車の中で発語すべきものではない。しかも、たった今、怪しいふるまいをしたのは自分たちの方だ。こんな中で移動するなんて。

「だから、こっちに来たの。ここだって絶対安全とは言えない。それに、たぶん私の取り越し苦労だってわかっているんだけど」

彼は、込んだ車内で立ったまま、人はそれぞれなんて違うことを考えるものかと、一種の驚きをもって妻のふるまいを受け止めた。自分は爆発物のことなど考えもしなかった。彼の耳にはさっき下車した年配の女性の「それ、私のではないわ」という爽《さわ》やかな声の響きが残っているばかりだ。

「この電車はきっとこのまま何ごともなくL駅に着くわ。でも、私はあそこで立つべきだって思ったのよ」

「わかった」と彼は言った。

今はそういう時代だ。空港では、所有者のない荷物に注意するようにというアナウンスが頻繁に乗客たちの頭上に注がれる――「あなたの荷物を放置しないでください。持ち主のわからない荷物は回収され、場合によっては破壊されます」

破壊される。開けようとすると毒ガスが吹き出す段ボール箱。上空に行って気圧が下がると爆発する鞄。そういうものを安全に処理するには、頑丈な鋼鉄の箱の中で破壊するしかない。そう考えながら、自分のデイパックが巨大な機械の中で押しつぶされるところを想像して戦慄《せんりつ》する。

一か月ほど前、彼らは隣国への旅から汽車で戻った。首都の駅に到着した時、妻がトイレットに行くと言って、それが一階下で、エスカレーターが故障していたので、彼は荷物の傍らでそのまま待つことにした。この国では機械が壊れるのは珍しいことではない。

一人の男が彼に近づいた。大きな楽器ケースと旅行鞄をカートに積んでいる。チェロだろうか。見知らぬ顔だったので彼は少し警戒した。

「ドイツ語を話しますか?」と男はドイツ語で聞いた。

「ナイン」

男は苦笑して、自分はトイレットに行きたいのだが、荷物が多くて階段では行けないという意味のことを身振りその他で説明した。要するに荷物を見ていてくれないかというのだ。

他人の荷物を預かるのは危険だ。にこにこした愛想のいい男だからといって善人だとは限らない。この楽器ケースの中が爆発物だったら、隣に立っている自分は数分後に消滅する。

しかし相手の状況もよくわかる。苦衷は察するにあまりある。

「わかった。行っていらっしゃい」

「ダンケ。ツヴァイ・ミヌーテン」

二分で戻ると言ってにっと笑うと、男は動かないエスカレーターを駆け下りていった。

このままあいつが帰ってこなかったらどうしよう。自分はどれだけ待つか？　十五分たっても戻らなかったら駅の係員に言おうか。

実際には男は彼の妻よりも早く戻ってきた。もう一度「ダンケ」と言って、愛想よく笑って去った。

彼は無事だった。

その時と同じように、彼と妻が乗った電車も無事にL駅に着いた。

「なんでもなかったね」と言いながら、長いプラットホームを歩き、エスカレーターに乗って地下鉄の改札口の方に向かった。

なんでもなかった。今日のこの都会はあの厄日のニューヨークでもマドリッドでもロンドンでもなかった。たまたまの幸運。

そういうことを考えなければならない時代。

テロリストたちの主張を理解しようと努めるべきなのだと彼は考えた。不正義はたしかに存在する。世界は強者の強欲と悪意に満ちている。どちらかと問われれば、自分たちはその強者の側にいるわけだし、それならば万一の場合は暴力が自分の身に及ぶことも覚悟しなければならない。本当のところ、自分はどちらに共感しているのか。

そう考えながら地下鉄に乗って運ばれているうちに、彼は自分の思いがまったく別の方へ流れていくのに気づいた。記憶の中からおぼろに見えてくる光景があった。その光景の中に自分がいた。

あの時も彼は込んだ客車の中を苦労して進んだのだ。恐怖に追われてではなく、喜ばしいものを探して。先で待つ喜びに引き寄せられて。

彼はまだ若かった。

世界を見たいと思ってアメリカに行った。合衆国だ。その頃は、世界を見るにはまずアメリカだと日本の誰もが思っていた。

だから彼も旅をしようとまず飛行機でロサンジェルスに行き、それからバスや汽車で東に向かった。多くない資金をじょうずに使わなければならない。大きな都会は好きでなかったのでなるべく避け、グレイハウンドのバスで小さな町をいくつも経由して、夜は安い宿に泊まった。ダイナーで食事をして、あるいは店で買ったものを公園のベンチで食べて、この国を知ろうと思った。

そうやって日々移動を続けた。ずっと参照していた道路地図が折り目から破れてきた。

一か月もすると飽きてしまった。どの町も変わらない。どのダイナーも変わらない。一人旅で話相手はいないし、買い物以外には口をきく機会もない。気が付くとじっと冷たい目で見られている。本当に恐《こわ》い思いをしたことが一度あった。アジア人というのがいけないのだろうか。

たぶんもっと単純。よそ者を見ると嫌がらせをする住民がどの町にもいる。閉じていて、隣町とそっくり同じくせに、傲慢《ごうまん》で、他人を排除しようとする町。ここの社会ぜんたいが大袈裟《おおげさ》なわりにすかすか。自分には合わないと思った。

それならばどこか違うところへ行ってみようかと、五週間目に考えた。違うところ、違う国。所持金のことを考えるとそんなに遠くへは行けない。隣国、メキシコ？

大きな町の本屋に行ってガイドブックを買った。地名を拾い読みしているだけでそそられた。チワワというのは犬の種類ではなく、メキシコの州の名だった。たぶんそこ出身の犬なのだろう。タバスコもこの国の州の名だった。たぶんそこで作られるのがあの香辛料なのだろう。それからベラクルス、イダルゴ、ソノラ、プエブラ、ミチョアカン、オアハカ、チアパス……音の響きに誘われた。

言葉があまりできないのは問題だが、これまでの旅だって言葉なんかそんなに使っていない。買い物や宿の交渉など、こちらと相手にその意思があればけっこう通じるものだ。去年の第二外国語のスペイン語はどのくらい使えるだろう。英語とスペイン語の簡単な辞書とフレーズブックがあれば、一人の旅くらいなんとかなる。

そう思って南に向かい、国境を越えた。

その途端にすべてが変わった。乾いた準沙漠《さばく》のような風景はリオ・グランデ河を渡ってもだいたい同じなのに、人は違った。町の匂《にお》いも、バスや列車の中の雰囲気も違う。わからないこと、予想のつかないことばかりだ。国境の南ではリオ・グランデはリオ・ブラボーになった。同じ河なのに名前が変わる。

ものの値段がぐんと安くなり、彼の予算は使い延ばしができるようになった。その分だけ宿は汚くて、湯が出るはずの栓からは水しか出なくなり、出会う人々の言うことは、彼の言うことがわかってもわからなくても全《すべ》てを「シー、シー」と肯定するように聞こえて、時おり彼は途方に暮れた。

Aという町に行くつもりで乗った汽車が途中のBで運転打ち切りになってしまう。間違いがないようにと何度も確かめて乗ったのに、Bから先へは行かない。乗客はみんな当然のことのように列車を降りて、駅からちりぢりにどこかへ消えていく。車内は空になる。説明を求めても理解できる言葉は返ってこない。しかたなく駅の近くで安い宿を探したら、そこの料理がとんでもなくうまかった。おばさんがにこにこして皿に山盛りによそってくれた。

たしかに、国境のこちら側では食べるものがうまい。なにもかも味が濃い。匂いが強く、辛みが強く、工場のステンレスではなく台所の鉄の鍋《なべ》の味がする。庭を走り回っているニワトリ、黒い土の上に育った野菜、辛辣《しんらつ》なスパイス。トルティーヤ。

家々の壁が白い漆喰になって、公園の柵《さく》や窓の格子《こうし》に鋳鉄が目立つ。いたるところに花があふれている。道路は石畳が多い。車は古くて汚く、ひさしぶりに彼はポンコツという日本語を思い出した。

人の顔が違う。肌の色が濃くなり、顔が丸く、鼻が低くなり、髪も漆黒が目立つ。目はみんなくりくりとした黒い目。アジアの方とつながっている顔。知人によく似た人を見かけてびっくりすることがあった。それにみんな背が低い。国境の北では見上げるほど大きな男が大股《おおまた》に肩を振って歩いていたが、こちらでは彼とあまり変わらない人が多い。それだけで町を歩いていて気が楽だった。

バスや汽車の中でフレーズブックを開いてスペイン語のセンテンスを覚えながら、町から町をたどって南下した。それにつれて空気にほんの少し湿り気が混じるようになり、山々が柔らかくなり、植物の緑に染まった景色が優勢になった。

どこでも子供が多い。市街地でも乗り物の中でも、いつも赤ん坊の泣く声や子供たちの歓声が聞こえている。子供たちは彼を見つけるとおずおずと寄ってきた。自分が外国人でしかも若いからかと思ったけれど、珍しいものにはみんなで近づくのだ。外国人といってもそんなに顔かたちは違わない。旅を重ねて日に焼けていたし、埃《ほこり》まみれにもなっていた。それでも着るものが違う。きっとそれでわかるのだ。古着屋でこのものを買って着替えたら、すっかりここの人になれるだろうか。

ミチョアカン州に行った。ガイドブックをぱらぱらと繰っていて行きたい場所をみつけたのだ。パリクティンという新しい火山。そこで地面がいきなりむくむくと膨らんで山になったのは一九四三年のことで、それが彼が育った町から遠くない昭和新山の誕生とほとんど同じころだった。こちらの方が十か月だけ早い。

よく知っている山の双子の兄をたずねるようなつもりで行ってみようと思った。しかし、ウルアパンという最寄りの町までは行けたのだが、その先がうまくいかない。パリクティンと目的地の名を言ってバスに乗ったのになぜか別の村に着いて、そこがどこかもわからないままに一日を村の広場でぼんやり過ごし、夕方のバスで帰ってきた。バスは日に一往復しかなかった。

その翌日はもっと悪くて、また別の村に行き着き、帰りの便はないというので途方に暮れて、夜になってからようやくウルアパンに収穫を運ぶ農夫の小さなトラックの荷台に乗せてもらえた。たどたどしいスペイン語が役に立った結果、荷台一杯のタマネギの中に腰から下を埋めるように坐《すわ》って、二時間揺られて町に帰った。起伏の多い土地だった。まだ雨季の前だったのでよかった。

メキシコの神々は自分がパリクティンに行くことを欲していない。ではいさぎよく撤退しよう。もともと山を見たいという衝動のようなものだけで、目的というほど立派なことではなかった。きっと見るほどの山じゃないんだ。勝手にそう考え、これは酸《す》っぱい葡萄《ぶどう》かなと思った。

ウルアパンでは住民の大半が先住民で、他の町よりもっと子供が多かった。その中の一人と仲よくなって半日遊んだ。そのミゲルという男の子に「この町には何人の人が住んでいるの?」と聞いたら、「三百万人」という答えが返ってきた。ミゲルはそんな大きな数字を知っているのが得意だったのか、顔を紅潮させてそう断言した。たぶん三桁《けた》か四桁違う。メキシコで、しかも子供に、数字を尋ねてはいけない。

次の日、首都に向かう汽車に乗った。この汽車は別のところには行かないだろう。途中で運転打ち切りにはならないだろう。そう願って席に着いた。

車内は空《す》いていたけれど、一時間ほど走った先のパックアロという町でたくさんの乗客が乗ってきた。席はすべてふさがり、通路にも、出入り口のあるデッキにも人と荷物があふれた。色の黒い人たちが地味な色の衣装を身にまとい、ほつれたところを丁寧に繕った古い布鞄《ぬのかばん》や、口を縄で縛った麻の袋、紐《ひも》でがんじがらめにした段ボール箱などを持って乗り込み、網棚に乗せ、通路に置き、膝《ひざ》にかかえ、あるいはその上に腰掛けた。数羽のニワトリの足を縛ってぶらさげて乗ってきた老人がいたが、ニワトリたちは諦《あきら》めたのか逆さになったまま声も立てなかった。車内はぎっしり一杯になった。

パックアロは少し観光的な町らしくて、湖の中の島がおもしろいとガイドブックには書いてあったが、それは今回はいいことにしよう。途中下車はしない。

首都に帰ってから、どこか働くところはないだろうか、と彼は考えていた。もしも日本料理店なんかあって、給仕か皿洗いができるとすごく都合がいいのだが。そうすればそこで稼いだお金でもっと南の方へ行ける。中華料理の店ならばちょっとした町には必ずあるけれど、中国語ができるわけじゃないから。だけど皿なら黙ったままでも洗えるか。それならば何料理の店でもいいわけだ。

三時間ほど走ったところでモレリアという大きな町の駅に停まった。ずっと坐っているのにも飽きたし、それまでの観察で、メキシコの場合は汽車が駅に停まっている時間がずいぶん長いこともわかっていた。

しばらく考えた。汽車は走る前には汽笛を鳴らす。しかも走りはじめは遅いから飛び乗りは簡単だ。置いていかれることはない。そう思って、ちょっとホームに降りて歩くことにした。込んだ車内はとても歩くどころではないわけだし。

荷物のバックパックは網棚に乗せてある。盗まれるなんてまずないだろう。彼のまわりの乗客はいかにも善良そうな人たちばかりで、それにあれが彼の荷物だということは誰の目にも明らかだ。他の者が手を出そうとすれば制止してくれるだろう。いや、そんな事態は考える必要もないと言えるほどのんびりした車内だった。

「歩いてきます。この駅で降りるわけではありません」と隣席の男に言って、網棚の荷物を指さしてから彼は席を立った。スペイン語だと日本語や英語より見知らぬ人に声が掛けやすい。彼のあやしいスペイン語がわかったのかわからないのか、黒い古びたジャケットを着た男はうなずいた。

ホームはさほどの人ではなかった。降りるべき者は降りて駅を出てしまって、待っていた乗客はもう乗り込んだ。あとは何の用事があるでもないのになんとなくそこにいるように見える人々。それに点景のような小さな物売り。ミカンやらおみやげやらチクレやらタマーレスやら、いろいろいる。チクレはガム、タマーレスはちょっとしたスナック。

風は涼しいが日射《ひざ》しは強かった。

ホームといっても、地面とあまり高さが変わらない。客車の床までは梯子《はしご》にして三段ある。そこへたくさんの荷物を持ち込むのだから乗客の方も大変だが、これまで見てきたところではたいていは援助の手が伸びる。先に乗った者が後の者の荷物をまず運び上げ、最後に持ち主の手をつかんで引き上げる。だから老婆《ろうば》が十個の荷物を持って乗ろうとしても、最後にはすべてしかるべきところに納まる。彼自身、南下の過程で何度か他人に手を貸したし、その相手と隣り合って坐って、日本のこと旅のことを聞かれたこともある。それが言葉の勉強になった。

しかし、今はホームには人が少ない。

先の方、客車にして三両分ほどのところに誰かがいた。太陽は正面にかかっていて、その光が向こう側から射しているのでよく見えなかったが、彼が近づくにつれてシルエットの詳細が明らかになった。トランクか何か四角いものに腰を下ろした女、それもずいぶん若いようだった。

歩度を変えずぶらぶらと歩いていって、何気なくそちらを見た。本当に若い。まだ少女だ。イベリア半島の顔とインディオの顔がちょうど半分ずつ混じったという感じ。肌は浅黒くて、黒い目がきらきらしていて、でも全体はおっとりと気だるげだった。

誰かを待っているのか、時おり駅の改札口の方を見る。時間を気にしている風でもあるが、でもやっぱりのんびりしている。

そのまま歩いていって、車両一台分ほど進んだところで誘惑に負けて戻ることにした。

帰路の途中でうまく目が合った。

まず彼女の方がにっこり笑った。それはいかにもにっこりと呼ぶべきで、他に形容のしかたのない、魅力に満ちた柔らかい笑いだった。

それに対して彼が返した笑みはせいぜいにっという程度。メキシコに来てから笑うことが多くなったと思っていたが、まだまだ下手だな。

「誰か待っているの？」

足を停めてそう問うのはむずかしいことではなかった。彼女の笑みが背中を押してくれた感じ。

「おばあちゃん。すぐ来るって言っていたのに」

いい声だったし、意味も聞きとれた。

「ＤＦに行くの？」

この国では首都の地域をＤＦと呼ぶ。これも旅の途中で覚えた。

「そうよ。あなたは？」

「ぼくも」

きれいな顔だ、と思った。

でもこの子は自分がきれいだと気づいていない。だからこんなに無警戒なのだ。ここでは少女たちは早く成熟するのに、この子だって見た目はすっかり女といえるのに、それでもまだ子供の気持ちでいる。

もっといろいろ話せればいいのだが、それには言葉の力が足りない。

「ウルアパンに行ってきた」と言った。動詞の過去形が怪しいところを汽車の来た方を指さして補う。

「わたしも前に行ったことがある」

そう言ったのだろうと理解した。

首都に行って何をするのか、祖母は一緒に行くのか、行った先で誰かが待っているのか、きみはこのモレリアの生まれなのか、お父さんとお母さんは……

彼はこの子に惹《ひ》かれた。言葉ができたら言いたいことはたくさんあったし、聞きたいこともあった。ずっと日が暮れるまでこのきれいな顔を見ていたいと思った。一方ではそう思っている自分のことを内心で少し笑っていた。

ハポンから来たと言って、旅をしているとも言った。

誰かが歩いてくる音がした。少女と彼はほとんど同時にそちらを見た。

「おばあちゃん、遅いよ！」と少女は言ってトランクから立ち上がった。

「まだ汽車はここにいる。ちっとも遅くないじゃないか」

こちらに向かって悠然と歩きながら、少女の祖母は大きな声で返事をした。

少女は彼の方を見てもう一度にっこり笑った。おばあちゃんてこういう人なのよ、と表情が言っている。

でもこの国では万事につけて遅すぎるということはないのだ。このおばあちゃんを待たない汽車はない。たとえこの汽車が出ても、つぎにはまた別の汽車がある。誰にでも時間はたっぷりある。そういう国だというのも旅の途中で知ったことだ。

彼女がトランクを持ったので、彼は手を伸ばしてそれを取った。男の義務だ。彼女の体温が残る取っ手を握るのだと思うと、嬉《うれ》しい義務だった。

汽車の方へ歩き出す。おばあちゃんが孫のよりもっと古風な鞄を持っていたので、それも預かる。いきなり現れた見知らぬ外国人の手伝いをおばあちゃんは訝《いぶか》る風もない。どんな場合にも手伝いはいると信じてこの歳《とし》まで生きてきたかのようだ。

乗車口のところに行って、まずおばあちゃんが乗るのを待ち、次に少女が乗るのを待ち、それから二つの荷物を渡した。

彼女はまたにっこり笑った。この笑いにぼくはつかまっているんだ、と彼は思った。

「ありがとう」

「きみ、名前は？」

「レメディオス。あなたは？」

急いで答えて二度くりかえしたけれど、外国の名だし、彼女は聞き取れなかったかもしれない。

客車の奥の方でおばあちゃんがレメディオスを呼んだ。

彼女はそちらを振り返って何か言い、こちらを向いた。

彼の方は何も言うことがなくなってしまって、「アスタ・ルエゴ　また会おうね」とあてのないことを言って、歩き出した。

しばらく歩いて振り返ると、レメディオスは乗車口から身を乗り出して手を振っていた。

機関車の方から汽笛が聞こえた。彼は走って自分の車両に戻り、席に戻った。隣の男が彼を見てうなずいた。よく帰ってきたと言わんばかり。

汽車が走り出した。

ともかくあの顔を忘れないようにしなければ。そうしたところで何がどうなるわけでもないけれど、ぜったいに忘れないようにしなければ。どこかでまた会って、仲よくなって、この国の滞在をもっと延ばして、その先は……どうなるかわからない。汽車の中は夢想に向いている。彼は思うままに勝手なことを考えつづけた。ずいぶん走ってから、汽車が駅に停まった。

彼はまたホームに降りた。ひょっとしてあの子も降りてくるかもしれない。さっきの車両に行ってみることもできる。窓越しに話ができたら。

しかし彼女は降りてこなかった。彼女の車両まで行って窓から中を見ながらずっと歩いたが、反対側に坐っているのか、姿はなかった。窓の位置はとても高かったし、車内は見えない。乗り込むのはちょっとためらわれた。

ホームには人があふれていた。窓をずっと見て、諦めて、戻ろうとすると、ホームの隅にバラを売っている男がいた。素焼きの壺《つぼ》に黄色いバラばかりを数十本入れて、その前に黙って立っている。それでもバラが売り物だということは一目でわかる。首都に行く人が買うおみやげなのだろう。

彼はバラを一本買った。一本でいい。それで充分。男は棘《とげ》で手を傷つけないよう新聞紙でバラをくるみ、「フェリシダーデス！　祝福を！」と言って彼の手にそれをあずけた。形ばかりだとしてもいい言葉だ。

汽笛が鳴った。釣りを待つ間に汽車が動き出した。彼は急いで自分の席に戻った。渡す暇がなかった。

このバラをどうしよう？　またホームから探すのは見込みが薄い。それに汽車は始発駅からずいぶん走ってきた。次がもう終着駅のＤＦセントラルかもしれない。そうしたら人であふれるホームで彼女を見つけることはできないだろう。

彼はバラを手に立ち上がった。車内を行くしかない。実際の話、次々に連なる客車の中はとても込んでいた。座席はもちろん通路にもデッキにも人々は荷物を持ち込み、その上に坐り、喋《しゃべ》り、食べ、手を動かし、荷物にもたれて寝ていた。その間を彼は、本当に針が布を縫うようにして歩いた。人をかき分けるようにして進み、「ペルドネメ　失礼」という言葉を何度となく使った。彼女の車両が自分のところから何両目かわからない。五両目くらいだっただろうか。ええと、これで何両分来たんだろう？

そう思いながら次の客車に入った時、いきなり彼女の顔が視野に飛び込んできた。三つ目の座席の通路側にこちらを向いて坐っていた。

彼女の方も彼を見つけて笑った。

もう一度だけ「失礼」と言って車座になってトランプを手にした三人の少年たちの

真ん中に足を踏み入れて一歩進み、レメディオスの前に立った。隣ではおばあちゃんがうつらうつらしている。

「Una rosa para ti《ウナ・ローサ・パラ・ティ》　きみのためのバラ」と言って、黄色い花を彼女に差し出した。

「グラシアス　ありがとう」

そう言ってレメディオスはバラを受け取った。

そこで突然、彼には言うことがなくなった。その場に立ってもっと話をすることもできたはずだ。DFでの彼女の住所を聞き出したり、時間と場所を決めてまた会う約束をしたりもできたはずだ。だが、なぜかバラを渡したらそれでいいのだという思いが心を満たした。

じっと顔を見て、これから百年でも忘れないという気持ちで彼女の顔を見て、「アスタ・ルエゴ　またね」と小さな声で言って背を向け、ここまで辿《たど》ってきた困難な道を戻りはじめた。

同じ言葉を彼女に向けて二度使った。一度目はそのとおり実現したけれど、今度はもう会うことはないとわかっていた。

解説

鴻巣友季子

この静かな短編集には、言葉にならないものばかりが書かれている。言葉にならないものが、それでも言葉で描かれているのだ。

ヘルシンキ、パリ、メキシコ、バリ、アマゾナス、沖縄……世界中のどこかの片隅で一度きりしかない出会いと別れが、今この瞬間にも無数に起きているのだと思うと、わたしは物狂おしくなる。長く深いつきあいの先にある別れは、どこか緩慢でやさしい。けれど、『きみのためのバラ』に出てくる人々は、東京のビストロで、パリの路地で、アマゾナスの奥地で、めぐり逢《あ》い、他愛のないと言っていいつかのまの時間をともに過ごして別れていく。関わりが短く浅かったぶん、別れは決定的で、それゆえ痛切なものになるだろう。どこにでもあるような「出会い」が、エピファニックな「邂逅《かいこう》」に変わるそんなひとときを、軽やかに、鮮烈に切りとって見せたのがこの短編集である。軽やかに、けれど、深い森のような寂寥《せきりょう》を奥に湛《たた》え、鮮烈でありながら円《まど》かなのだ。

言葉の不在のあり方はさまざまだ。

例えば第一編「都市生活」のそれは、おそらく街に暮らす人たちにとってなじみ深いものだ。なじみ深すぎて言葉の不在に気づかないぐらいに。ある夕方、飛行機に乗りそびれた男が入りこんでしまったのは「会話の空白地帯」とでも呼びたくなる空間。男はチェックイン・カウンターで、ホテルの受付で、飲食店で、ため息をつく。

しかし、言葉が通じないという感じはどこから来るのだろう。この晩、彼が議論した相手は二人とも「係」だった。それぞれにマニュアルに従って行動していた。

……言葉が働かない。頭の中にセットされた決まった台詞《せりふ》以外は出てこない。(P14)

……そうだ、今、俺は会話が欲しいのだと気づいた。係や担当者やレセプションやウェイトレスを相手のマニュアル的なやりとりではない本物の会話。(P20)

飲食店でひとり食事をしていた女性とたまたま目があい声をかけると、彼女は「ひどい一日だったの」といきなりフランクに話しだし、母親に金を持ち逃げされたことを打ち明ける。知らない者同士で不自然な会話だろうか？　いや、本当に酷《ひど》いことは親しい友人には話せない。名も知らない者同士だからこそ共有できる濃密な時間がある。彼女の母親のその後を男が知る機会は永遠に訪れないだろう。ふたりの会話は「本物」なのに、過去と未来のどこにも接続しない。接続しないから真実でありうる。その言葉の真《まこと》さが、差しこむような痛みをわたしの胸にあたえる。
言葉の不在のあり方はさまざまだ。本書では、言葉を忘れて交わる男女がいれば、母国語を失う少年もいる。あるいは、若いころパリで気ままなフラヌールとして過ごした日々を回想する「人生の広場」には、人々の孤独と寄り添いがこんな風に描きだされる。

私が惹《ひ》かれたのはやはりパリに暮らす人の姿だったと思う。ブラッスリーの隅で、三十年は連れ添ったと見える夫婦が一言も言葉を交わさずに夕食を終え、それでも互いにすっかり満足しあっている。それを見ながら一人で夕食を摂《と》っているのが私だった。（P160）

何も話さなくとも充ち足りた時間を共有している夫婦もいる。その横でもの言わず一人で夕食を食べている「私」もいる。しかし言葉のない「ただの観察者」の「私」も、そんな孤独がまんざらでもなさそうなのだ。

人は誰かと一緒にいれば孤独でなくなるのだろうか？

「誰もいない森で木が倒れるとき、音はしない」という有名な命題を思いだしたのは、「ヘルシンキ」という編を読んでいる時だった。これはオーストリア生まれのユダヤ系経済学者ピーター・ドラッカー（一九〇九年-二〇〇五年）の打ち立てたコミュニケーション理論の一つであり、「認知するものがいなければ音は存在しない」とするものだ。

「ヘルシンキ」で、語り手の男は百キロも誰にも会わない人里離れたヘルシンキの林道を走ったとき、「白い死がすぐ近くにあることにふっと気づいた」（P122）と言う。今仕事で滞在中の彼はホテルで、日本人の父親と北ヨーロッパ風の顔立ちをした娘に出会い、その親子に橇《そり》遊びの案内役を買って出る。話すうちに、その父親はしばらく前にロシア人の妻と別れ、娘とは年に二度しか会わないことがわかる。妻が努力して覚えた日本語で夫婦は会話をし、初めは文化的なすれ違いまでが楽しかった。ところが、娘は日本語で育てることにしたものの、妻が子と「二人だけでいるときに母親として心を込めて赤ん坊に話しかける言葉」はロシア語なのだった。子の誕生をきっかけに妻の心はロシアにもどっていき、とうとうロシア語に帰っていく。「言葉に帰郷してしまった」のである。

「国際結婚は大変ですよ」「どんな結婚も大変です」「だけど国際結婚は特別に大変です」「すべての結婚は国際結婚だと言った人がいる」。男とその父親はそんな会話を交わす。じつは男は男で、「私と妻も日本語とロシア語で話していたようなものだ」という状態にあるらしい。口論の末に、妻は娘をつれて先に帰国した。

誰もいない林の中にいる自分。私だけがいる。木々の梢《こずえ》のずっと向こうに淡い太陽がおぼろに見える。……

私は木だ。林の中の一本の木。……木である私はずっと昔の記憶しか持たず、ただそこに立って夏の美しい光と冬の弱い光を浴び、雨と雪と風を享《う》け、一日単位の深呼吸をしている。木々は並び立っていつまでも生きしかも言葉を必要としない、と私は考えた。（P１４０）

男は言葉の齟齬《そご》に疲れ、異国の森で孤独な木になる自分を夢想する。誰かとともにいながら無人の森の木になってしまう時が、人間にはあるだろう。しかし人である以上、言語は放棄できない。他人との齟齬を避けるのは、自ら無人の森の木になることだ。

寓話《ぐうわ》的な一編「レシタションのはじまり」にも、また別な言葉の不在がある。しかしこれは「都市生活」などのそれとは正反対の性質のものだ。レシタションとは、マントラ、真言《しんごん》、ヴェリトゥスなどと各地で呼ばれるが、「お唱え」のこと。世界に広まる以前は、それを有する少数の種族によって「ンクンレ」と称されていた。不義の妻を諍《いさか》いの末に殺《あや》めてしまった男セバスチアーノが身を隠したのは、すべての争いを避け逃げてばかりいる「逃げる人々」の村だ。彼らは争わない。争いが起きると、誰か争う人の耳元になにかの言葉を滔々《とうとう》と囁《ささや》く。すると、激昂《げっこう》はおさまり、「しがみつく思いは薄れる」。

ンクンレを覚えた男は山を降りて町にもどり、権力者である妻の父親の前に出る。銃殺されんとするとき、男がンクンレを唱えだすと、人々の心がしずまり平和が訪れた。ンクンレは各言語に添うように形を変えて伝播《でんぱ》し、セバスチアーノの事件から五年間で世界中の軍隊と警察が解散したという……。ンクンレ＝レシタションがどんな言葉から出来ているのか、その意味はおろか、音一つ音韻一つとして作中には書かれていないのだ。しかし読者はンクンレなるものが言葉を介さず心に広がるのを感じるだろう。言葉は不在にして力をもつ、という文学の鉄則がしめされてもいる。

この編には、作者の「諸言語を超えた平和への祈り」が込められているだろう。本書の背後に、二〇〇一年九月の惨事以来変わってしまった世界があることに、ここで触れない訳にはいかない。わたしはあの年の秋に開かれた池澤氏とイギリス作家カズオ・イシグロの公開対談を聴講していた。そこで、こうした災害の場に真っ先に駆けつけて書くのは報道記者、次にレポーターが来て、ノンフィクション作家が来て、小説家が来るのは最後であるべきだ、と池澤氏は言った。人心のありようを根底から変えてしまうような災いがあったとき、小説家はそれを題材にそそくさと小説を書いたりしてはならぬと言うのである。事件から六年後に出た本書には、「最後に来るべき小説家」の9．11テロへの応答という側面もあるかもしれない。とはいえ、「平和を訴える文学」とは対極にある。声高な言葉は何一つなく、どの編もまなざしが語る。テロ以前に書かれた作品も、本書の中に編み入れられることで、新たなまなざしを呼び入れる。これはすばらしい編集の妙だ。

例えば、「都市生活」で、男はテロ以来、急に厳しくなった空港の保全チェックに戸惑っている。だが、その次に置かれた二〇〇〇年（9・11テロの前年）発表の「レギャンの花嫁」には、セキュリティ面も大らかで笑い声の響くバリの税関の様子が描かれている。一人の女性がやってくる。

彼女は本当に幸せそうでした。税関吏ににこにこして話しかけ、大きな身振りで鞄《かばん》を示し、中身のことを嬉《うれ》しそうに説明しています。
「花嫁衣装なの。私、結婚するの。バリでいちばんすてきな男と式をあげるの」
（P50）

彼女はこの直後に、未来の夫の急死を知らされることになる。出迎え口で、彼女をガラス越しに見つめる人々は、あの笑顔がじきに消えてしまうことを知っている。読者もすでに知っている。しかし読者が知っているのは夫の訃報《ふほう》だけではない。この大らかな空港の空気がそのうち消えてなくなることもわかっているのだ。未来の花嫁を見つめる人々の視線に、現在の作者の、ひいては読む者の視線が自然と重なるだろう。

表題作の湛える哀惜は喩《たと》えようもない。おそらくフランスの黄葉する田舎を抜けていく列車。不審な置き去り荷物を見つけた妻は、なるべく遠くに離れようと即座に席を立ち、妻に促されて夫も人をかきわけ、混んだ車内を進む。若いころ、同じような恰好《かっこう》で人をかきわけて進んだ記憶が甦《よみがえ》ってくる。それはメキシコを走る列車だった。そこで、黒い目のきらきらした美しい少女に出会い、後で停車駅で買った一輪の黄色いバラを贈りにいったのだった。今なら、あんなふうに網棚に荷物をぽんと置き、車内やホームをふらふらすることもできないだろう。彼は感慨にふける。「そういうことを考えなければならない時代」だと。

メキシコの列車で男と少女が出会い再会し別れる。こんなささやかで小さな物語までが、「その後」の世界からは奪われているのに気づく。この頬笑む少女を失ったのは彼だけではない。つかのまふれあった少女との別れ際《ぎわ》に彼が口にした「アスタ・ルエゴ　またね」という言葉が叶《かな》うことはないだろう。二重の意味でないだろう。「グローバルな文学」などという呼称が気恥ずかしくなるような、共通言語たりえる一編である。

そう、無人の森の囁きを人に聴かせるのが小説ではなかったか。この短編集をとおして、わたしはそれを改めて、深く、実感した。

（平成二十二年七月、英文学・文芸評論家）

この作品は平成十九年四月新潮社より刊行された。

福永武彦著

忘却の河

中年夫婦の愛の挫折と、その娘たちの直面する愛の不在……愛と孤独を追究して、今も鮮烈な傑作長編。池澤夏樹氏のエッセイを収録。

福永武彦著

草の花

あまりにも研ぎ澄まされた理知ゆえに、友を、恋人を失った彼——孤独な魂の愛と死を、透明な時間の中に昇華させた、青春の鎮魂歌。

福永武彦著

愛の試み

人間の孤独と愛についての著者の深い思索の跡を綴るエッセイ。愛の諸相を分析し、愛の問題に直面する人々に示唆と力を与える名著。

大江健三郎著

同時代ゲーム

四国の山奥に創建された《村＝国家＝小宇宙》が、大日本帝国と全面戦争に突入した!? 特異な構想力が産んだ現代文学の収穫。

大江健三郎著

芽むしり仔撃ち

疫病の流行する山村に閉じこめられた非行少年たちの愛と友情にみちた共生感とその挫折。綿密な設定と新鮮なイメージで描かれた傑作。

大江健三郎著

性的人間

青年の性の渇望と行動を大胆に描いて波紋を投じた「性的人間」、政治少年の行動と心理を描いた「セヴンティーン」など問題作3編。

丸谷才一著

笹まくら

徴兵を忌避して逃避の旅を続ける男の戦時中の内面と、二十年後の表面的安定の裏のよるべない日常にさす暗影――戦争の意味を問う。

星野智幸著

焔

谷崎潤一郎賞受賞

予期せぬ戦争、謎の病、そして希望……近未来なのかパラレルワールドなのか、焔を囲んで語られる九つの物語が、大きく燃え上がる。

梨木香歩著

裏庭

児童文学ファンタジー大賞受賞

荒れはてた洋館の、秘密の裏庭で声を聞いた――教えよう、君に。そして少女の孤独な魂は、冒険へと旅立った。自分に出会うために。

梨木香歩著

西の魔女が死んだ

学校に足が向かなくなった少女が、大好きな祖母から受けた魔女の手ほどき。何事も自分で決めるのが、魔女修行の肝心かなめで……。

梨木香歩著

ぐるりのこと

日常を丁寧に生きて、今いる場所から、一歩一歩確かめながら考えていく。世界《ぐるり》と心通わせて、物語へと向かう強い想いを綴る。

梨木香歩著

沼地のある森を抜けて

紫式部文学賞受賞

はじまりは、「ぬかどこ」だった……。あらゆる命に仕込まれた可能性への夢。人間の生の営みの不可思議。命の繋がりを伝える長編。

宮本輝著
流転の海
第一部

理不尽で我儘で好色な男の周辺に生起する幾多の波瀾。父と子の関係を軸に戦後生活の有為転変を力強く描く、著者畢生の大作。

宮本輝著
地の星
流転の海 第二部

人間の縁の不思議、父祖の地のもたらす血の騒ぎ……。事業の志半ばで、郷里・南宇和に引きこもった松坂熊吾の雌伏の三年を描く。

宮本輝著
血脈の火
流転の海 第三部

老母の失踪、洞爺丸台風の一撃……大阪へ戻った松坂熊吾一家を、復興期の日本の荒波が翻弄する。壮大な人間ドラマ第三部。

宮本輝著
天の夜曲
流転の海 第四部

富山に妻子を置き、大阪で事業を始める松坂熊吾。苦闘する一家のドラマを高度経済成長期の日本を背景に描く、ライフワーク第四部。

宮本輝著
花の回廊
流転の海 第五部

昭和三十二年、十歳の伸仁は、尼崎の叔母の元で暮らしはじめる。一方、熊吾は駐車場運営にすべてを賭ける。著者渾身の雄編第五部。

宮本輝著
慈雨の音
流転の海 第六部

昭和34年、伸仁は中学生になった。ヨネの散骨、香根の死……いくつもの別れが熊吾達に飛来する。生の祈りに満ちた感動の第六部。

宮本輝著
満月の道
流転の海 第七部
昭和三十六年秋、熊吾の中古車販売店経営は順調だった。しかし、森井博美が現れた。やがて松坂一家の運命は大きく旋回し始める。

小島信夫著
アメリカン・スクール
芥川賞受賞
終戦後の日米関係を鋭く諷刺した表題作の他、『馬』『微笑』など、不安とユーモアが共存する特異な傑作を収録した異才の初期短編集。

養老孟司
宮崎駿著
虫眼とアニ眼
「一緒にいるだけで分かり合っている」間柄の二人が、作品を通して自然と人間を考え、若者への思いを語る。カラーイラスト多数。

養老孟司著
養老孟司特別講義
手入れという思想
手付かずの自然よりも手入れをした里山にこそ豊かな生命は宿る。子育てだって同じこと。名講演を精選し、渾身の日本人論を一冊に。

養老孟司
隈研吾著
日本人は
どう住まうべきか？
大震災と津波、原発問題、高齢化と限界集落、地域格差……二十一世紀の日本人を幸せにする住まいのありかたを考える、贅沢対談集。

川上弘美著
センセイの鞄
谷崎潤一郎賞受賞
独り暮らしのツキコさんと年の離れたセンセイの、あわあわと、色濃く流れる日々。あらゆる世代の共感を呼んだ川上文学の代表作。

辻邦生著 **安土往還記**

戦国時代、宣教師に随行して渡来した外国船員を語り手に、乱世にあってなお純粋に世の道理を求める織田信長の心と行動をえがく。

辻邦生著 **西行花伝**

谷崎潤一郎賞受賞

高貴なる世界に吹き通う乱気流のさなか、現実とせめぎ合う〝美〟に身を置き続けた行動の歌人。流麗雄偉の生涯を唱いあげる交響絵巻。

開高健著 **日本三文オペラ**

大阪旧陸軍工廠跡に放置された莫大な鉄材に目をつけた泥棒集団「アパッチ族」の勇猛果敢な大攻撃！　雄大なスケールで描く快作。

開高健著 **夏の闇**

信ずべき自己を見失い、ひたすら快楽と絶望の淵にあえぐ現代人の出口なき日々――人間の《魂の地獄と救済》を描きだす純文学大作。

安部公房著 **箱男**

ダンボール箱を頭からかぶり都市をさ迷うことで、自ら存在証明を放棄する箱男は、何を夢見るのか。謎とスリルにみちた長編。

安部公房著 **方舟さくら丸**

地下採石場跡の洞窟に、核シェルターの設備を造り上げた〈ぼく〉。核時代の方舟に乗れる者は、誰と誰なのか？　現代文学の金字塔。

新潮文庫最新刊

朝井リョウ著

正欲

柴田錬三郎賞受賞

ある死をきっかけに重なり始める人生。だがその繋がりは、〝多様性を尊重する時代〟にとって不都合なものだった。気迫の長編小説。

伊与原 新著

八月の銀の雪

科学の確かな事実が人を救う物語。二〇二一年本屋大賞ノミネート、直木賞候補、山本周五郎賞候補。本好きが支持してやまない傑作！

織守きょうや著

リーガルーキーズ！
―半熟法律家の事件簿―

走り出せ、法律家の卵たち《リーガル・ルーキーズ》！「法律のプロ」を目指す初々しい司法修習生たちを応援したくなる、爽やかなリーガル青春ミステリ。

三好昌子著

室町妖異伝
―あやかしの絵師奇譚―

人の世が乱れる時、京都の空がひび割れる！妻にかけられた濡れ衣、戦場に消えた友。都の瓦解を止める最後の命がけの方法とは。

はらだみずき著

やがて訪れる春のために

もう一度、祖母に美しい庭を見せたい！孫の真芽《まめ》は様々な困難に立ち向かい奮闘する。庭と家族の再生を描く、あなたのための物語。

喜友名トト著

余命1日の僕が、君に紡ぐ物語

これは決して〝明日《きみ》〟を諦めなかった、一人の小説家による奇跡の物語――。青春物語の名手、喜友名トトの感動作が装いを新たに登場。

きみのためのバラ

新潮文庫　い - 41 - 10

平成二十二年九月一日発行
令和五年六月十日八刷

著者　池《いけ》澤《ざわ》夏《なつ》樹《き》

発行者　佐藤隆信

発行所　株式会社新潮社

郵便番号　一六二―八七一一
東京都新宿区矢来町七一
電話　編集部(〇三)三二六六―五四四〇
　　　読者係(〇三)三二六六―五一一一
https://www.shinchosha.co.jp

価格はカバーに表示してあります。

乱丁・落丁本は、ご面倒ですが小社読者係宛ご送付ください。送料小社負担にてお取替えいたします。

印刷・株式会社光邦　製本・株式会社植木製本所

ISBN978-4-10-131820-2 C0193